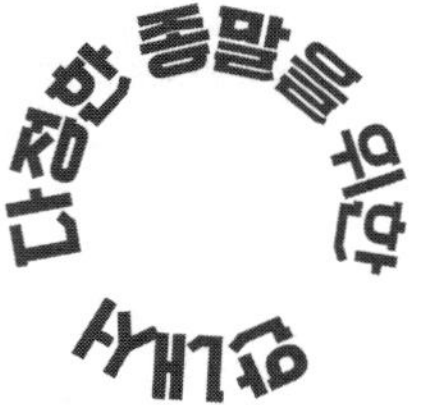
다정한 종말을 위한 안내서

단정한 종말을 위한 안내서
미선 장편소설

이것은 최종 시험입니다.

유념하세요.

이 시험은 최종 점수의 전부를 차지할 것입니다.

"다정한 종말에는
다정한 소녀가 필요했어요."

기픔은 졸업 시험 키트와 함께 배송되어 왔다.
물론 키트 안에 들어 있었다는 뜻은 아니다.

당연하지 않은가?
기픔은 해동된 지 1년이 넘은
어엿한 사람이니 말이다.

차례

우주의 온갖 기쁨을 위하여

"다정한 종말에는 역시 다정한 소녀가 필요했어요. 다정한 소녀는 아무 종말 설계자나 둘 수 있는 도우미가 아니에요. 우주신의 기적이 필요해요. 나는 졸업 시험을 경작과 수확이라고 불렀고, 기쁨은 탄생과 종말이라고 불렀어요. 이것이 나와 기쁨의 차이였어요."

느아는 마지막 보고서를 써 내려가기 시작했다.

다정한 소녀의 이름은 '기쁨'이다. 느아가 졸업 시험에서 우수한 성적을 거두고 종말 설계자가 될 수 있었던 것은 모두 기쁨 덕분이다.

기쁨은 졸업 시험 키트와 함께 배송되어 왔다. 물론 키트 안에 들어 있었다는 뜻은 아니다. 당연하지 않은가? 기쁨은 해동된 지 1년이 넘은 어엿한 사람이니 말이다.

1장

다정한 종말을 위한 안내서

성실한 예비 종말 설계자라면,

누구나 「다정한 종말을 위한 안내서」의

첫 페이지를 외우고 있다.

다정은 초행성적이다.

다정은 일시적이지만, 영구적이다.

다정은 모든 감정을 다 이긴다.

좋아하지 않아도 다정할 수 있다.

「느아의 시험 보고서」

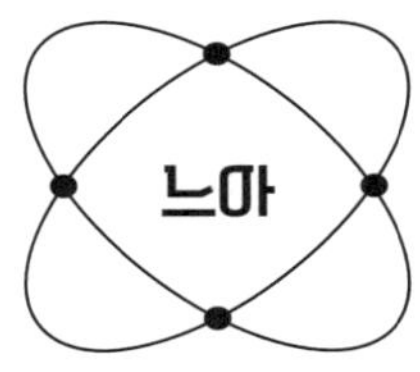

"오늘도 역시 덥구나."

상냥하고 현명한 야이보보가 백발의 머리를 보기 좋게 말아 올려 화려한 스카프로 묶으며 말했다. 모든 데리다인이 그렇듯 팔이 하나인 할머니는 모든 과정을 감탄이 나올 만큼 능숙하게 해냈다.

"우주신의 축복이죠."

나는 미리 준비해 둔 차가운 신푸 주스를 건넸다. 손가락 모양의 나무 열매인 신푸는 새콤하고 달콤하다. 매일 따 먹어도 다음 날이면 한가득 열렸다. 가다파 항성의 따뜻한 볕이 1년 내내 내리쬐는 우리 콱행성에서는 뭐든 다 잘 자란다.

"고맙구나."

콧등 주름을 보기 좋게 찌푸리며 야이보보가 말했다. 종말 설계 회사에서 할머니는 예비 종말 설계자들을 위해 교과서나 과제물 따위를 전달해 주는 일을 한다.

오늘은 졸업 시험 키트를 전해 주러 왔다.

콱행성에서 졸업 시험을 치르는 사람은 오호, 군치 그리고 나 이렇게 세 명인데, 우리 중 시험을 통과할 사람은 한 명이다. 각 행성에서 해마다 단 한 사람만 종말 설계자가 될 수 있기 때문이다. 종말 설계자는 경작 행성의 종말을 설계하는 사람을 말한다. 경작 행성을 종말시키고, 종말에서 나오는 에너지를 수확해 회사로 보내는 것까지가 종말 설계자의 임무다.

나는 뜨거운 항성 빛으로 과열된 우주선을 차가운 물수건으로 닦아 주었다. 수증기가 촤르르 소리와 함께 피어올랐다. 둥근 캡슐 모양의 이 저렴한 우주선은 허름한 노란색이다. 야이보보는 가난해서 좋은 우주선을 살 수 없었던 모양이다.

"시원하다. 너는 역시 최고의 콱행성인이야. 물론 너에겐 내가 최고의 우주선이겠지."

야이보보의 우주선이 은빛 철판에 쇠구슬 굴러가는 소리 비슷한 탄성을 질렀다. 친한 척하기 좋아하는 우주선은 작은 다정함에도 금방 들떠 버렸다.

『다정한 종말을 위한 안내서』에 따르면, 예비 종말 설계자는 누구에게나 다정을 베풀어야 했다. 다정함이 몸에 붙어 있어야 설계할 때도 자연스레 묻어날 수 있기 때문이다.

나는 종말 설계자를 배출해 내는 최고 교육 기관인 예비 종말 학교에서 종말 설계에 관한 모든 것을 배웠다. 교과서인 『다정한 종말을 위한 안내서』는 총 12개 챕터로 구성했으며 종말의 에너지와 종말의 유형, 다정한 종말을 유도하는 종말 설계자의 올바른 태도 등 종말 설계에 관한 모든 내용이 담겨 있다.

"시원한 게 느껴지니?"

나는 금세 뜨거워진 수건을 다시 차가운 물에 적시며 물었다.

"당연히 못 느끼지. 나는 우주선이잖아. 하지만 우주선 심리학자에 따르면, 우주선은 모르는 것도 아는 척할 수 있대."

야이보보의 우주선은 남의 일에 참견하기와 박식한 척하며 뽐내기를 좋아했다.

"드디어 결전의 날이 왔어. 설마 겁나는 건 아니겠지? 그럼 난 너한테 실망이야."

우주선은 집게 팔로 회색 상자를 들어 내 앞에 놓아 주고는 열쇠고리로 변했다. 구형 우주선은 주차 편의를 위해 열쇠고리나 에코백 또는 인형으로 변할 수 있었다. 신형 우주선은 이런 기능이 필요 없다. 대기권 밖에서 대기하고 있다가 호출하면 몇 초 안에 눈앞에 등장했다.

"용기는 저절로 나는 게 아니야. 억지로 내는 거지. 네가 그 정도의 차이는 알고 있었으면 좋겠는데 말이야."

우주선이 말했다. 싸구려 우주선이지만, 좋은 말을 많이 알고 있다. 예전에는 우주선 데이터에 교훈이 되는 말을 많이 넣었다. 우주선의 도덕심과 교양을 위해서였다.

"고마워. 네 말대로 용기 내 볼게."

"너 입 좀 다물어. 언제까지 수다만 떨고 있을 거야. 느아는 얼른 상자 열어서 확인해."

야이보보가 우주선 열쇠고리를 집어 주머니에 넣으며 단호하게 말했다.

"네."

상자 겉면에는 '종말 설계자 최종 시험'이라고 검정 글씨로 쓰여 있었다.

나는 상자에 덕지덕지 붙은 노란색 테이프를 조심조심 뜯어냈다. 상자 안에는 시험 키트가 들어 있었다. 키트를 열자 다음과 같은 알림판이 떠올랐다.

이것은 최종 시험입니다.

유념하세요.

이 시험은 최종 점수의 전부를 차지할 것입니다.

경작 행성인 모두가 진실을 받아들이지 않는다는 점을 기억하세요. 설계자와 경작 행성인은 서로에게 영향을 미칠 수 있습니다.

추가 정보: 반드시 설계법을 따르지 않으셔도 됩니다. 경작 행성에 가장 다정한 방식으로 종말을 설계하십시오.

추추가 정보: 초반부터 큰 재난을 주면 경작 행성인들이 폭동을 일으킬 수 있습니다.

키트 안에는 행성 씨앗과 씨앗 재배를 위한 비료, 일회용 종말 설계판 그리고 설명서가 들어 있었다. 일회용 종말 설계판은 미묘한 빛이 나는 두꺼운 흰색 종이판이었는데, 판 중간중간에 길고 짧은 홈들이 규칙성 없이 파여 있었다. 이 홈들에 종말의 종류가 새겨진 나무 막대기들을 꽂아 종말을 설계하는 것이다. 일회용이라서 단 한 번의 종말 설계만 가능했다.

학교에서 배운 바에 따르면, 종말 목표 대상이 반드시 행성이 아니어도 된다고 한다. 지역을 목표로 할 수 있고, 사람을 목표로 할 수도 있다. 무법 지대와 다름없는 경작 행성에선 예기치 못한 불운한 사고가 자주 발생했는데, 그럴 때 설계자는 종말 설계판을 무기처럼 사용할 수 있었다. 그러나 위기 상황일 때만

무기로 사용해야 한다고 선생님은 거듭 당부했었다.

나는 설계판을 옆에 놓아두고, 행성 씨앗이 들어 있는 작은 유리 상자를 두 손으로 들어 올렸다. 선명한 파란색 씨앗은 작아도 너무 작아서 귀여웠다.

졸업 시험을 위해서 우리는 경작 행성을 본떠 만든 미니 행성의 씨앗을 하나씩 받아 키우게 된다. 한 행성의 탄생과 성장 그리고 종말까지 완성하는 것이 시험의 목표다. 수확, 즉 종말 때 나오는 에너지 양이 우리의 최종 점수가 될 것이다.

"열심히 하렴."

야이보보는 벨트가 불편한지 자꾸 고쳐 매며 말했다. 붉은색과 흰색 조화가 멋진 치렁치렁한 원피스와 어울리는 분홍색 벨트였다. 야이보보가 움직일 때마다 벨트 끝에 달린 여러 개의 초록색 고리도 함께 움직였다. 벨트 끝은 보이지 않을 정도로 매우 길었다.

"벨트가 아주 멋져요."

나는 칭찬했다.

"마음에 드니? 잘됐구나. 이제 네 것이다."

야이보보는 벨트에 달린 줄을 두 손으로 힘껏 끌어당겼다. 줄 끝에는 흑색 단발머리 여자애가 있었다.

"앞으로 시험이 끝날 때까지 너를 도와줄 시험 도우미야. 이름은 기픔."

야이보보는 여자애의 두 팔을 잡아 내 앞으로 들이밀었다. 여자애는 흰색 바탕에 검정 동그라미를 그려 넣은 것 같은 눈을 지녔다. 아. 저런 눈을 어디서 본 적이 있다. 지구인이다. 지구인이 분명해. 다큐멘터리에서 본 것과 똑같았다. 맙소사, 지구 출신 종말 도우미라니! 나는 너무 신나서 소리쳤다.

"내 심장이 내 입안에 있어."

나는 천 년 전에는 탐스러운 파란 털이 달린 꼬리였을 둥근 엉덩이뼈를 힘차게 흔들어 댔다. 콱행성인들은 모두 나처럼 처음 만나는 사람을 무척 반가워했다.

그런데 지구 여자애는 나를 보고도 얼굴에 반가움이 전혀 나타나지 않았다. 『경작 행성사』에 지구인의 마음은 얼굴에 나타난 표정만으로는 알기 어렵다고 나와 있다. 지구인은 전투를 자주 하는 전투 종족이며, 전투 종족은 절대로 얼굴에 감정을 드러내지 않기 때문이다. 지구는 중요한 행성이 아니어서 시험에 자주 나오진 않았지만, 간혹 나올 때면 거의 90퍼센트 확률로 이 문제가 출제되곤 했다.

제2 필수 과목인 『경작 행성사』에는 경작지 행성들에 관한 모든 것이 담겨 있다. 각 행성의 역사를 알아야 그 행성에 알맞은 종말 방법을 설계할 수 있기 때문에 열심히 배워 둬야 한다. 그러나 행성사 공부는 몹시 지루하다.

기픔은 나를 빤히 쳐다보았다. 아마 내 원피스 때문일 것이다. 이 원피스는 순수한 행성인 오코에서 생산되는 구름 실로 만들어서인지 수증기 알갱이들로 반짝반짝 빛이 났다.

첫 만남부터 도우미를 기죽게 하고 싶지 않았는데, 너무 과한 옷을 입은 게 아닌지 걱정스러웠다. 모든 시험 도우미들은 경작 행성 난민 출신이라 이런 고급 옷은 난생처음 봤을 것이다. 그렇지만 어쩔 수 없다. 콱행성의 아이들은 모두 오존을 100퍼센트 차단해 줄 뿐 아니라 땀도 잘 흡수되는 이 옷을 입었다.

나는 기픔을 다정하게 환영해 주고 싶어서 교과서에 나와 있는 다정함을 표현하는 방법을 활용했다.

① 신체적 접촉: 쿡 찌르기. 가볍게 꼬집기. 부드럽게 밀기. 안아 주기. 쓰다듬기. 손잡기.
② 언어적 표현: 애칭으로 부르기. 칭찬하기. 고마워하기.

나는 이 중에서 배를 쿡쿡 찌르는 방법을 선택했다. 손가락으로 배를 찌르자, 기픔은 두 손으로 배를 가렸다. 그래서 이번엔 가볍게 볼을 꼬집었다. 지구인 특유의 말랑말랑하고 끈적끈적

한 피부 감촉이 싫었지만, 꾹 참았다. 그러자 기쁨은 나를 밀었다. 드디어 기쁨이 내 다정에 반응을 보인 것이다. 역시 다정은 초행성적이었다.

이렇게 찌르기와 밀기를 반복하는 우리 둘을 말없이 보고만 있던 야이보보가 한숨을 가볍게 내쉬며 말했다.

"인사는 이 정도로 충분해, 느아야. 방심하면 기쁨이 날아가니까 꼭 붙잡고 있어야 해. 몸이 지금보다 더 떠오르면, 고리를 몇 개 더 끼워 넣어서 무게를 맞추면 되고."

야이보보는 내 허리에 벨트를 매 주었다. 기쁨이 벨트를 따라 내 옆으로 왔다.

"왜 땅에 발을 붙이지 못하고 둥둥 떠 있나요? 중력 문제인가요?"

내가 물었다.

"신체적인 문제가 아니고 마음의 문제야. 지구인들은 몸이 있는 곳에 마음이 있지 않거든. 몸과 마음이 따로 돌아다닌다고 볼 수 있어. 자꾸만 떠나고 싶은 마음이 드는 모양이야."

야이보보가 계속 말했다.

"지구인은 마음이 몸에 영향을 줘. 마음이 아프면 몸이 아프기도 하고."

"신기하네요. 그럼 언제나 좋은 마음과 좋은 몸을 지닐 수 있겠군요. 건강을 관리하기가 아주 편하겠어요. 마음만 좋게 먹으면 되는 거잖아요."

"지구인에게는 좋은 마음 상태를 유지하는 일이 힘들어."

야이보보가 기픔을 보며 말했다. 기픔은 우리 이야기에 흥미가 없어 보였다.

"그게 왜요? 엄청 쉬운 일인데. 이해할 수 없네요."

"이해할 수 없는 것도 이해할 수 있어야 해. 그래야 좋은 종말 설계자가 될 수 있는 거란다."

야이보보가 말했다.

"야이보보 말이 맞아요. 역시 현명하세요."

나는 말했다.

기픔의 두 발이 공중에 30센티미터쯤 떠 있는 모습을 보며 새삼 내가 누리고 있는 모든 것들에 대해 우주신 하아다부다에게 감사드렸다. 콱행성인으로 태어난 것은 정말 큰 행운이다.

나의 세계는 언제나 공정하고 올바르고 자유롭고 다정하고 아름다웠으며, 집 안과 집 밖은 쾌적하고, 몸 안과 몸 밖은 편안했고, 폐 안과 폐 밖은 신선한 공기로 가득 차 있었다. 싫은 건 지금껏 단 한 번도 없었다. 특별히 운이 좋은 사람이어서가 아니었다. 콱행성에서는 이런 모든 것이 당연했다.

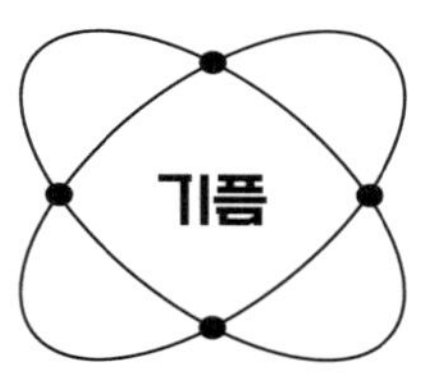

기픔

어설픈 억지 미소를 짓는 저 얼굴이라니. 기분 나빠. 저런 애의 종말 도우미가 되어야 한다니. 느아는 팔과 다리, 목이 길고 가늘어서 가만히 서 있어도 쉬지 않고 흐느적거리는 것처럼 보였다. 팔이 한 개인 야이보보와 달리 팔이 두 개였는데, 언뜻 서너 개쯤 더 있는 듯이 보일 만큼 산만하게 흐느적거렸다. 눈은 파랗고, 머리카락은 브이 모양의 안테나처럼 정수리에 튀어나와 있다. 말할 때마다 눈썹 위로 짧게 친 진갈색 앞머리 사이로 작고 납작한 이마가 반짝거렸다. 눈치는 좀 없어 보였다. 내가 날카롭게 관찰하는 시선을 느낀 느아가 이렇게 말하는 걸 보면 말이다.

"내 멋에 놀라서 시선을 빼앗겼다면 미안. 너무 멋을 부린 것 같지?"

대체 어디에 멋을 부렸다는 건지 알 수 없었다. 자신의 꾸미는 말에 멋을 부린 건가?

"전혀. 그다지."

나는 커다란 부대 자루를 뒤집어쓴 것 같은 흰색 원피스와 맨발의 느아를 보며 고개를 저었다.

"벌써 친해졌어? 앞으로 느아를 잘 도와줘야 해. 알았지?"

야이보보가 내 머리를 쓰다듬었다.

나는 대답하지 않았다. 왜냐하면 예비 종말 설계자가 잘되게 도와주고 싶은 마음이 전혀 없기 때문이다. 지구가 멸망한 건 전부 다 종말 설계자들 때문이다. 하지만 나는 경작 행성 난민 출신이라 어쩔 수 없다. 혼자 멀리 도망칠 수도 없다. 내 두 발이 땅을 디딜 수 없기 때문에 걷지도 뛰지도 못하는 탓이다. 벨트에 달린 초록색 고리들이 없었다면 나는 둥실둥실 하늘을 떠다니다가 행성 대기권 밖으로 날아가 버렸을까? 걷지도 못하는 쓸모없는 발 대신에 날개가 있었다면 도망칠 수 있을지도 모른다.

야이보보는 내 마음이 이곳에 있지 않아서 그렇다고 했다. 당연하다. 나는 이곳 사람이 아니고 지구인이다. 나는 종말 진행 중인 지구에서 튕겨져 나왔다. 나처럼 튕겨져 나오는 아이들은 '경작 행성 난민'이라고 불렸다. 난민들은 대부분 그 행성의 사춘기에 해당하는 나이라고 한다. 나는 지구 나이로 열여섯 살이다. 불행인지 다행인지, 나이 말고는 지구에 관한 것은 하나도 기억나지 않는다.

내가 우주에서 얼어 죽어 가는 것을 종말 설계 회사에서 모른 척하지 않고 돌봐 준 일이 얼마나 영광스럽고 고마운 일이냐며 우주선은 내 귀가 질리도록 말했다.

그래. 뭐 회사에는 몰라도 야이보보에게는 고마웠다.

난민 캠프에서 야이보보가 한 손을 번쩍 들어 나를 집으로 데려와 보살펴 준 이유는 평소 즐겨 보는 지구 드라마 때문이라고 했다. 야이보보의 고향인 데리다에서는 지구인의 소리를 들으면서 일부러 마음을 들뜨고 불안하게 만든다고 했다. 이런 긴장 상태가 어려운 작업에 집중하는 데 도움을 주기 때문이란다. 데리다인들은 느긋해도 너무 느긋한 것이 탈이라고 야이보보는 늘어지게 하품을 하며 말했다.

"지구인과 정반대야."

난민들은 각자 임시 보호 가정에서 생활하다가 최종 시험을 앞둔 예비 종말 설계자들에게 시험 도우미로 배정되었다. 시험 결과가 좋으면, 정식 종말 도우미로 회사에 취직할 수도 있다고 우주선이 말해 주었다. 나는 정식 종말 도우미가 되고 싶지 않으면 어떻게 해야 하느냐고 우주선에게 물었다. 그러자 평소 모르는 것도 아는 체하는 우주선은 이상하게도 내 물음에 대답하지 않고 자꾸 말을 다른 데로 돌렸다.

"나는 왜 네가 다 알면서 말을 안 하는 것처럼 느껴지지? 아니야? 자꾸 시치미 떼면 야이보보에게 전부 말해 버릴 거야. 네가 모든 비밀을 알려 줬다고 말이야."

내가 이렇게 으름장을 놓자 우주선은 화들짝 놀라며 인형으로 변했다. 우주선은 놀랄 때마다 자신이 변신할 수 있는 모든 모습으로 변했다.

"나는 비밀을 말한 적이 없어. 그런데 왜 그런 협박을 하지?"

"아하! 그러니까 나한테 말 못 할 엄청난 비밀이 진짜 있긴 있는 모양이네. 딱 걸렸어."

"아이고, 이런저런. 억지를 많이 쓰는 걸 보니 너 사춘기로구나. 사춘기에 들어선 행성인과는 말을 섞지 않는 편이 현명하다고 야이보보 님이 알려 주셨어."

우주선은 이렇게 말하고 나서 입을 다물어 버렸다. 그 뒤로는 내가 말을 걸어도 대답하지 않았다. 나를 콱행성에 두고 떠날 때도 그저 신음 같은 음, 음, 음 소리만 냈다.

야이보보는 콱행성을 떠나기 전에 나를 힘껏 안아 주며 탄식과 한숨이 뒤섞인 목소리로 내 이름을 두 번 불렀다.

"아, 기픔아. 휴, 기픔아."

여러 경작 행성의 언어를 공부하기 좋아하는 야이보보는 『온

우주 단어장』을 보고 지구의 단어를 조합해 내 이름을 만들었
다. 처음에는 나를 '기쁜 슬픔'이라고 불렀다. '기쁜'과 '슬픔'이
라는 단어가 나와 딱 어울린다고 했다. 그러다가 자연스레 내
이름은 '기픔'이 되었다.

본래 내 이름이 무엇이었는지는 나도 모른다. 지구에서 있었
던 모든 일을 잊고 백지화가 된 상태다. '기쁜 슬픔'이라는 단어
를 처음 들었을 때, 난 생각했다. '기쁜 슬픔'이란 게 대체 무슨
뜻일까? 슬픔이 어떻게 기쁠 수 있다는 걸까? 도무지 이해할 수
가 없다.

2장

좋아하지 않아도
다정할 수 있다

다정을 표현하는 방법에는

신체적 표현과 언어적 표현이 있다.

신체적 표현에는 쿡 찌르기, 가볍게 꼬집기,

부드럽게 밀기, 쓰다듬기, 안아 주기, 손잡기가 있고,

언어적 표현에는 애칭으로 부르기, 칭찬해 주기,

고맙다고 말하기가 있다.

『다정한 종말을 위한 안내서』

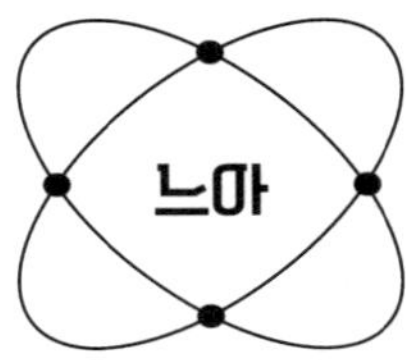

드디어 시작! 오늘 행성 1일이다. 「미니 행성 설명서」를 꼼꼼히 읽고 질소와 산소, 아르곤, 이산화탄소 등등을 비율대로 잘 섞어 시험구 안을 채운 뒤, 행성 씨앗을 시험구 안으로 세게 던졌다. 행성 씨앗은 시험구 안을 한참 빙글빙글 돌다가 멈췄다. 나는 행성 씨앗을 행성대 위에 올려 고정하고 항성 역할을 하는 조명을 켰다.

「느아의 시험 보고서」

아침에 눈뜨자마자 벽에 걸어 둔 벨트를 허리에 매고 바로 기픔의 방으로 달려갔다. 간밤에 기픔이 날아가 버릴까 봐 잠을 조금 설쳤다. 다행히 기픔은 곤히 잠들어 있었고, 고리는 지난밤에 내가 해 둔 그대로 침대 다리에 얌전히 묶여 있었다.

나는 아직 제대로 떠지지 않는 눈을 비비며 고리를 풀어서 내 벨트에 연결했다. 그러고는 침대 옆 의자에 앉아 기픔이 깨어나기를 기다렸다가 함께 내 시험실로 갔다.

시험실 중앙에는 크고 투명한 시험구가 있는데, 시험구 안에 인공 달과 인공 해를 세팅해서 미니 행성을 경작하기에 알맞은 환경을 조성해 놓았다.

유리 상자에서 행성 씨앗을 꺼내 시험구의 허공을 향해 있는 힘껏 세게 던졌다. 이때 발생하는 가속 에너지에서 행성이 탄생할 수 있는 추진력을 얻을 수 있기 때문이다.

이 부분이 졸업 시험에서 가장 재미있다고 강연하러 온 선배님이 말했었다. 종말 설계자 상위에 올라 있는 선배님은 두 손을 높이 들고 소리쳤다.

"시작은 항상 신나죠."

선배님 말대로다. 시작은 항상 신난다.

내가 던진 파랗고 작은 행성 씨앗이 시험구 안을 신나게 돌아다니다 멈췄다. 나는 행성을 행성대 위에 올려놓고, 구 안에 행성 경작에 필요한 비료를 뿌려 주었다. 이제 미니 행성은 시험용 경작 행성으로서의 일생을 시작하는 것이다.

기픔은 옆에서 내 시작을 지켜보고 있었다. 시험 도우미라고는 하지만, 사실 도우미가 할 일은 별로 없다. 행성에 피를 뿌려 양분을 공급하기만 하면 된다. 다른 비료를 쓰기도 했지만, 이렇게 짧은 시간 안에 완전한 행성을 만들려면 에너지 농축액인 경작 행성인의 피가 필요했다. 경작 행성 난민이 종말 설계자 시험에 유용하다는 사실을 우연히 알게 된 뒤로 회사는 난민을 도우미로 적극 활용하고 있었다.

나는 기픔의 손가락 끝을 날카로운 바늘로 푹 소리 나게 찔렀다. 금방 피가 맺혔다. 지구인의 피는 진한 빨간색이다. 나머지 손가락 9개도 푹 찔렀다. 세게 찔러야 단번에 끝나서 고통을 덜 느낄 수 있다고 한다. 신음 한번 내지 않는 걸 보면 진짜 그런 것 같다. 아프지 않다니 다행이다. 행성이 성장하려면, 하루에 적어도 다섯 번은 피를 뿌려야 하기 때문이다.

갓 뽑은 신선한 피에서는 비릿한 냄새가 났다. 한 방울씩 떨어지는 피를 분무기에 담아 물과 섞어서 행성 위에 골고루 뿌렸다.

"내 심장이 내 입안에 있어. 시작은 항상 신나."

나는 기픔에게 연고를 발라 주며 말했다. 바르자마자 투명한 딱지가 생겼다.

"오늘은 여기까지야. 소금차 마시러 차실로 가자."

나는 기픔의 손을 잡고 말했다. 그러자 기픔은 손을 뿌리쳤다.

우리는 모래사장을 가로질러 공용 건물로 갔다.

회사에서 만든 남색 건물은 나무 몸통처럼 튼튼하고 굵은 원형 기둥이 중앙에 있고, 나뭇가지처럼 뻗어 나온 두꺼운 철근 위에 작은 방이 하나씩 올라가 있는 구조였다.

이 방들 중 마름모형의 방이 바로 차실이다. 콱행성인들은 일과를 시작하기 전에 소금차를 마시는데, 회사에서 그런 습관을 존중해서 특별히 차실을 허용했다.

앞으로 우리는 이곳에서 아침마다 차를 마시며 각자의 행성 경작 상황을 공유하게 될 것이다.

오호와 군치 그리고 그 애들의 도우미들은 벌써 차실에 와 있었다. 테이블 위에 소금차와 소금빵이 놓여 있었다. 몸에 달라붙는 진홍빛 슈트를 입고 피부가 회색인 오호의 도우미는 머리카락 흔적도 없는 머리에 골무처럼 생긴 고무 모자를 썼다. 눈썹 없는 회색 눈동자와 꾹 다문 입이 틀림없는 화성인이었다. 키가 작고 통통한 걸 보면 아직 어린 개체인 듯했다. 작은 두 손으로 찻잔을 들고 후후 불어 가며 차를 마셨다.

키가 큰 군치의 도우미는 살갗이 하얗고 투명했다. 지나치게 투명해서 금세 사라질 것처럼 보였다. 피부색과 머리카락색이 물빛과 비슷해서 당장 물로 변해 바닥으로 스며들어도 전혀 이상하지 않을 것 같았다. 금성인은 의자에 앉지 않고 군치 뒤에 서 있는데도 마치 군치 앞에 서 있는 것처럼 존재감이 대단했다.

"18 대 1로 싸워서 이겼대."

군치가 눈썹을 치켜올리며 말했다. 눈에 호기심이 가득한 군치는 재미있는 아이다. 다른 행성으로 배낭여행을 자주 다녀서 재미있는 경험담도 많다. 지금은 라비다행성에서 나쁜 사람을 만난 이야기를 하고 있었다. 나는 재미있는 이야기를 놓치고 싶지 않아 잽싸게 의자에 앉았다. 기픔도 내 옆에 앉혔다.

"오. 대단한데! 네가 다시 보이는데. 어떻게 혼자 18명을 이겼는데? 그게 가능해?"

내가 물었다. 깊은 땅속 마을 출신인 군치는 말끝에 '-데'를 붙이는 사투리를 쓰는데, 전염성이 아주 강했다.

"나 혼자 이긴 게 아닌데. 우리 자랑스러운 승리자는 모두 18명이었는데."

군치는 이 말을 하고 나서 소금빵을 크게 베어 물고는 소금차를 꿀꺽꿀꺽 삼켰다.

그 모습을 보니 군침이 돌아서 얼른 빵을 한입 크게 먹었다. 바다소의 버터를 듬뿍 발라 바삭하게 구운 소금빵에선 바다의 비릿함과 고소함이 동시에 느껴졌다. 소금빵을 삼키고 소금차를 마셨다. 목부터 가슴 그리고 배까지 샤르르한 따뜻한 기운이 쭉 내려갔다. 역시 소금차만 한 것이 없다.

소금차의 정식 명칭은 '코짠도마뱀차'다. 코짠도마뱀은 샌드래

아스행성의 건조한 테즈해 포니아만에 사는데, 먹이를 통해 섭취된 불필요한 염분을 콧잔등 위로 배출한다. 도마뱀이 콧잔등 위에 얹혀 있는 하얀 소금 결정을 바위에 닦아 내면, 채취자들이 바위에서 소금을 긁어 판매했다. 코짠도마뱀 소금은 짭짤하고 고소해서 인기가 많았다.

많이 마시면 기억력이 너무 좋아진다는 점이 소금차의 장점이자 단점이다. 기억력이 좋아지면, 좋은 기억이 되살아난다. 그렇지만 나쁜 기억도 함께 되살아난다. 때로는 기억력 좋은 것이 재앙의 시작이 되기도 한다.

"느아, 네 도우미는 어느 경작 행성 출신이니?"

누구나 아름답다고 칭찬하는 초록색 머리카락을 지닌 오호가 우아하게 찻잔을 들어 차를 호로록 마시며 물었다.

"그게 말이지. 지, 지, 지구에서 튕겨 나왔어."

나는 살짝 긴장했다.

"지구? 시뮬레이션 전쟁이 아닌 진짜 전쟁을 해서 서로를 진짜로 죽이는 그 지구?"

군치는 의자에 앉은 채 몸을 뒤로 빼며 경계했다. 군치는 호기심도 많지만 겁도 많다.

"지구인, 이 차를 마시면 마음이 편해질 거야."

오호가 기픔에게 소금차를 건넸다. 역시 오호였다. 오호는 한

번도 1등을 놓친 적 없는 우등생이다. 콱행성에서 종말 설계자가 될 가능성이 가장 높은 사람은 오호라고 선생님이 말했었다.

"고마워."

기픔이 차를 받아 들며 말했다.

"아. 고마워할 건 없어. 착하구나. 너는 자료 화면에서 본 지구인들과는 달리 착해 보여. 사람을 죽인 사람처럼 보이지 않아."

오호가 다정하게 말했다.

"당연하지. 나는 사람을 죽인 적이 없으니까."

기픔은 퉁명스레 대답했다.

나는 기픔의 무례함이 부끄러워서 얼른 화제를 돌렸다.

"여긴 지구인, 금성인, 화성인이 다 있구나. 모두 같은 태양계에서 왔네. 서로 본 적 있니?"

나는 금성인에게 물었다.

"화성인은 본 적 있어. 하지만 지구인은 처음."

뽐내듯 거만하게 턱을 치켜들고 서 있던 금성인이 나를 내려다보며 말했다.

"그래? 그런데 너는 이름이 뭐야? 너희는 키가 아주 크구나."

나는 올려다보며 물었다.

"이름은 알아서 뭐 하는데? 경작 행성인 이름 따위를 왜 궁금해하는데?"

군치가 금성인 대신 대답했다. 나는 도우미들을 차별하고 무시하는 듯한 군치의 태도에 실망했다. 처음 보는 사람을 유난히 좋아하는 콱행성인들 중에도 경작 행성 난민을 무시하는 행성인이 종종 있었다. 안타깝게도 그랬다.

하지만 나는 군치와 달랐다. 다시 한번 금성인에게 말을 걸었다.

"금성인, 왜 서 있어? 다리 아프지 않아? 여기 앉아."

내가 의자를 빼 주며 말했다.

"쟤는 못 앉는데. 잘 때도 서서 자는데. 자는 모습이 엄청 웃긴데."

군치가 키득대며 말했다.

"군치, 교과서 첫 페이지를 기억해 봐. 좋아하지 않아도 다정할 수는 있다고 했잖아."

나는 군치를 타일렀다.

"알고 있는데. 나도 내가 왜 이러는지 모르겠는데. 자꾸 이렇게 되는데. 뭐."

군치는 윤기가 도는 곱슬머리를 손가락으로 돌돌 말며 대답했다.

이때 기픔이 갑자기 구역질을 하며 소금차를 테이블에 뱉어 버렸다. 오호와 나는 기픔의 무례함에 큰 충격을 받았지만, 애써 모르는 척했다.

콱행성인은 다른 행성인이 준 음식이 아무리 맛없어도 꼭꼭 씹어 꿀꺽 삼켰다.

언젠가 부모님을 따라 라비다행성을 방문했을 때 먹은 고노게나오죽은 진짜 최악이었다. 그 죽은 고노게나오풀에서 자란 둥글납작한 곡물로 만드는데, 입안에 넣자마자 풀 비린내가 확 퍼졌다. 더 최악은 혓바닥과 입천장을 붙일 기세로 덤벼드는 접착성 강한 풀 같은 식감이었다. 그래도 나는 그 죽을 남김없이 꾸역꾸역 다 먹었다.

이것이 바로 콱행성인의 예의다.

하긴 경작 행성인에게 우리 같은 예의를 기대하는 건 무리일 터이다.

"넌 소금차 마실 자격이 없는데."

군치는 기픔의 소금차를 빼앗으려 들었다. 그때 고맙게도 오호가 헛기침을 해서 꼴사나운 광경은 간신히 면했다.

"너 걸레 갖고 와야 하는데. 너 테이블 닦아야 하는데."

군치는 금성인에게 명령했다.

금성인은 들은 척도 하지 않고 군치의 얼굴을 물빛 머리카락으로 감싸며 괴롭혔다. 금성인은 머리카락을 자유자재로 움직일 수 있었다.

"이렇게 하는데, 내가 어떻게 얘를 좋아하겠는데."

군치는 짜증 내며 머리카락을 치웠다.

"군치, 콱행성인의 예의를 지켜. 너는 마음이 약한 게 문제인데, 좀 더 강해져야 해. 마음 약한 사람은 자주 화를 내고 짜증을 내서 중요한 일을 망치기 마련이거든. 태양계 난민들은 우리의 시험 도우미로 여기에 온 거야. 청소부를 하려고 온 게 아닌데."

오호가 군치에게 충고했다. 모든 시험에서 언제나 1등만 하는 오호는 옳은 말만 했다. 오호는 걸레를 가져와서 테이블을 닦았다.

"괜찮니? 다치지는 않았니?"

오호는 기픔에게 다정하게 구는 것도 잊지 않았다.

기픔은 대꾸 없이 고개만 저었다.

"다행이다, 느아야. 다행이야."

오호가 나를 보며 다정하게 웃었다.

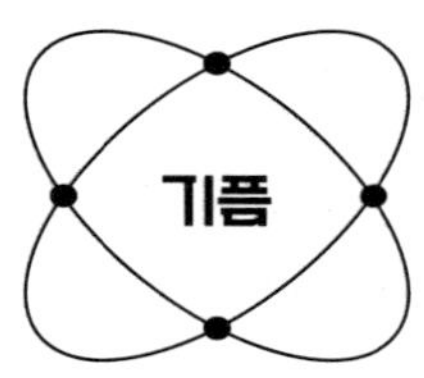

기픔

"내 심장이 내 입안에 있어. 이 기분 참을 수 없어."

느아는 해변을 달리며 반복해서 소리쳤다. 파도에 실려 온 거무튀튀한 바다풀을 먹고 있는 바다소들의 탱탱한 엉덩이를 탁탁 치면서 달렸다. 세 개의 발가락 사이로 모래가 빠져나갔다. 나는 달리기는커녕 맨발로 뜨거운 모래를 밟는 것도 고통스러웠다. 콱행성은 진짜 덥다. 더워서 땀이 주룩주룩 흘러내렸다.

이게 전부 콱행성인들처럼 눈치 없이 따갑게 볕을 내리쬐는 저 태양 때문이다.

참, 내가 태양이라고 말하면 느아는 항상 가다파라고 정정해 주었다.

가다파 항성은 태양처럼 장년기에 해당하는 왜성으로 행성 7개를 거느렸는데, 가다파와 가까운 콱행성에는 더운 여름만 이어지고 있었다. 느아는 뜨거운 열기가 우주신의 축복이라고 말했지만, 내가 보기엔 저주다.

사실 콱행성이 아니라 내 삶 자체가 저주에 걸린 것 같다.

다시 한번 말하지만, 이 모든 것은 전부 종말 설계 회사 탓이다.

종말 설계 회사는 행성 에너지를 생산하기 위해 경작 행성들을 주기적으로 종말시킨다. 그러고는 경작 행성들에 농사(그 비슷한 거)를 짓고 수확(그 비슷한 거)을 한다. 수확물은 행성 에너지(우주 핵심 원료 그 비슷한 거)인데, 지구를 경작하기 위해 주로 쓰는 비료로는 수소와 탄소 그리고 산소가 있다.

수확 에너지가 한 행성을 종말시켜야 나온다는 사실이 마음에 들지 않았다.

아무리 알아듣기 어렵게 돌려 말해도, 결론은 어떤 나쁜 행성인들이 또 다른 어떤 불쌍한 행성을 자기들 멋대로 경작 행성이라고 이름 붙이고는 탄생시켰다가 종말시켰다가를 무한 반복하면서 종말 에너지를 쪽쪽 빨아먹고 있다는 거 아닐까?

"내 심장은 내 입속에 있어."

저만치 앞서가던 느아가 내 쪽으로 달려오며 소리쳤다.

느아는 무지 신나서 가슴이 두근거리는 느낌을 이렇게 표현하는 듯했다. 신난 심장이 목구멍까지 솟아올라 튀어나온다는 뜻일까? 아니면 심장이 목구멍을 막아서 답답하다는 뜻일까?

그런데 라벤더빛 구름과 상쾌한 공기가 있는 이런 곳에 살면 답답한 일이 하나도 없을 것 같다. 내가 누구인지, 가족과 친구들은 어떤 사람들이었는지 하나도 기억나지 않지만, 지구의 공기가 어떠했는지는 기억난다. 뿌연 하늘과 먼지 가득한 공기에서 나를 보호하기 위해 먼지 차단 안경과 공기 청정 마스크를 꼭 착용해야 했다.

소금차의 맛은 끔찍했다. 마시자마자 구역질이 나서 다 뱉어버릴 수밖에 없었다.

나 때문에 테이블이 엉망이 되자, 느아 무리는 기다렸다는 듯이 우리와 떨어져서 테라스로 우르르 몰려 나갔다. 느아의 친구들은 느아처럼 파란 눈이었다. 머리색은 저마다 달랐지만, 머리카락이 브이자 안테나처럼 정수리 위로 튀어나와 있는 점은 똑같았다. 모두 비슷한 흰색 부대 자루에 맨발 차림이었다. 다른 점이 있다면, 군치라는 남자애의 부대 자루는 바지형이라는 점이다.

차실에는 금성인과 화성인 그리고 나만 남겨졌다.

나는 도마뱀이 그려진 소금통을 집어 들었다. 도마뱀 코에서 추출한 소금으로 만든 차라니. 웩. 또 구역질이 났다. 물을 마셔도 찝찝한 짠맛이 입안에 계속 남아 있었다.

그러다 호기심 어린 눈으로 나를 올려다보는 화성인과 눈이 마주쳤다. 화성인은 여덟 살쯤 된 어린아이처럼 보였다. 거만하게 15도 정도 고개를 치켜들고 서 있는 금성인도 힐끔힐끔 나를 바라보았다. 지구인을 만난 건 둘 다 이번이 처음이라고 했다.

나는 그들에게 이름을 물었다. 그런데 화성인은 말을 하지 못했다. 화성인의 입은 말하기 위해 존재하는 게 아닌 것 같았다. 말은 입이 아닌 코로 했다. 흥얼거리는 듯한 콧소리를 냈는데, 비명과 신음이 뒤범벅된 소리였다. 그래서 통역기로도 번역하기 어려웠다.

화성인의 말은 '흠흠쿵우후휴. 지구인이여.' '내 이름은 쿵쿵 훙훙.' 정도로 통역되었다. 그래서 나는 화성인을 '쿵훙'이라고 부르기로 했다.

다행히 금성인의 말은 제대로 통역되었다. 그러나 이름은 발음하기가 어려웠다. 목이 아닌 등으로 소리를 내야 한다고 했다. 등으로 소리를 낼 수 없으니 대충 '금'이라 불러야겠다고 내 마음대로 정했다.

'기픔'이라는 내 이름도 화성인과 금성인이 발음하기 어려운 건 마찬가지였다. 화성인은 '흐흐흔크흠'이라고 했고, 금성인은 '키풋'이라고 했다.

아무리 성능 좋은 통역기라도 이름은 통역할 수 없다. 다른 단어들은 상대방의 언어로 번안할 수 있지만, 이름은 그럴 수 없기 때문이다.

티타임을 마치고 돌아오는 길에 느아가 말했다.

"오늘은 평소와 달리 티타임 분위기가 엄중했어~~~. 부모님을 모시고 와서 선생님과 상담하는 분위기~~~~~."

느아는 이렇게 '엄중하다'와 물결 표시를 같이 쓰는 타입이다. 이런 타입이 어떤 타입이냐면, 나와 전혀 맞지 않는 타입. 그리고 대체 웃고 떠드는 그 분위기의 어떤 점이 엄중했다는 건지 알 수 없었다.

"부모님? 갑자기 왜 부모님이 거기서 나와?"

"아, 부모님이 뭔지 모르는구나. 너는 부모님 없어? 지구인들은 그게 다 있던데. 부모님 없이 탄생하는 건 오직 추행성인들뿐이야."

"나도 있었겠지. 하지만 기억을 다 잃었으니 기억할 리가 없잖아. 그리고 부모님이 있었다 하더라도 너희가 종말시켜 버렸잖아? 안 그래?"

"우리 행성인들은 운이 좋아."

느아는 말을 돌렸다. 난처한 상황은 되도록 피하는 것이 이 아이의 특징인 듯하다.

"모든 운이 경작 행성인들 덕분이지. 고마워. 사람은 탄생 직전에 하나의 몸이 둘로 나뉘어 그중 하나는 우리 행성으로, 다른 하나는 경작 행성으로 보내진대. 이때 우리 행성으로 오는 아기는 모든 행운을, 경작 행성으로 가는 아기는 모든 불행을 안고 가게 된대."

"둘 중 누가 불운을 몽땅 안고 가는지는 누가 결정하는 거야? 너무 불공평하다고 생각하지 않아?"

나는 느아의 무신경함에 화가 났다.

"불공평해도 어쩔 수 없어. 우주적 사실이야. 사실이 그래."

느아는 어깨를 으쓱했다.

"그래서 너는 남의 행성을 종말시키는 직업을 얻으려는 거야? 굳이 불공평함에 불공평함을 더하려고?"

내가 물었다.

"드디어 나에게 관심이 생긴 거야? 내 다정함이 효과가 있었구나. 종말 설계자가 되고 싶은 이유를 설명하기 전에 내가 가장 존경하는 종말 설계자가 나오는 다큐멘터리를 보여 줄 거야. 그게 순서야."

느아는 신이 나서 소리치며 나를 자기 방으로 끌고 들어갔다. 모니터 앞에 나를 앉히고는 어디서 과자 봉지를 잔뜩 가져다 내 앞에 쏟아부었다.

느아는 이 다큐멘터리를 무려 42번이나 봤다고 했다. 느아는 다큐멘터리에 나온 종말 설계자의 이름이 (그)였고, 그가 태어난 행성인 (이딘)에서는 모든 살아 있는 것은 ( )을 넣어서 말했고, ( )를 벗어나는 것은 죽고 나서라고 설명해 주었다.

지금은 종말 설계자 (그)가 실종된 상태이기 때문에, 여전히 (그)인지 아니면 그인지 알 수 없는 상태라는 말도 덧붙였다. 그러나 대체 무슨 말인지 이해할 수가 없었고, 다큐멘터리는 몹시 지루했다. 온통 어둠인 우주 공간과 알아들을 수 없는 용어만 줄줄이 나와서 잠깐 졸았다.

"드디어! 이건 꼭 봐야 해!"

느아가 내 벨트를 잡고 흔들었다. 나는 깜짝 놀라서 정신을 차렸다.

내레이션이 흘러나오고 있었다.

종말 불꽃을 가까이에서 볼 수 있는 사람은 오직 종말 설계자뿐입니다.

이어지는 화면에서는 행성의 모든 표면에 새파란 불기둥이 동시에 치솟아 올랐다. 불기둥이 혓바닥을 날름거리며 행성을 샅

삼이 핥아 대자, 행성은 순식간에 황금색으로 변했다. 그렇게 한참을 타오르던 선명한 파란색 불꽃은 생명 가스가 바닥나는 듯 '뽁' 소리가 들리고 나서 픽 하고 힘없이 꺼져 버렸다.

다큐멘터리는 다음 내레이션과 함께, 우주선 난간에 앉아서 번쩍이는 불꽃을 반짝이는 눈으로, 입가에는 미소를 머금고 바라보는 (그)의 얼굴을 클로즈업하며 끝났다.

〔그〕는 지구 종말의 순간을 즐겼습니다. 〔그〕는 단 한 번도 그 순간에서 눈 돌리지 않았습니다. 기쁨의 탄성을 지르기도 했습니다. 지구 전체의 끝이 자신의 손에 달려 있다는 것이, 또한 새로운 탄생에 일조했다는 것이 그는 더할 나위 없이 짜릿하다고 말했습니다.

느아는 마지막 내레이션을 따라 했고, 나는 그제야 깨달았다.

"그러니까 저기 나오는 저 행성이 지구였구나. 내가 종말을 맞은 지구에서 튕겨 나온 이유가 다 저 설계자 때문이었어?"

나는 도저히 참을 수가 없어서 방을 나왔다. 마음 같아선 집 밖으로 뛰쳐나가고 싶었지만, 벨트 탓에 그럴 수 없었다.

느아는 나를 쫓아왔다.

"시험 도우미 따위는 하고 싶지 않아."

나는 느아를 쳐다보지 않고 말했다.

"도우미는 다른 사람들을 도와주고 일을 해결해 주는 우아하고 아름다운 사람이야. 우주에 봉사하는 사람이기도 하고. 멋지지 않아?"

느아가 말했다.

"내 경우에는 도우미가 아니라 희생자가 더 맞지 않아? 시험 도우미의 일이라는 게 알고 보면 피를 뽑히는 것에 불과하잖아."

나는 얇게 딱지가 앉은 내 손가락을 보며 말했다.

내 말에 느아는 시무룩해졌다.

"네가 그렇게 생각한다니 폐 안에 슬픔이 가득 차서 간질간질해. 입을 열면 당장이라도 터져 나올 듯한 재채기 같은 슬픔이 내 안에 가득해."

느아는 '슬프다'는 표현을 이렇게 했다. 콱행성인들은 왜 자꾸만 입안에서 뭐가 튀어나오려고 하는 걸까? 기쁨도, 슬픔도 다 입안에서 튀어나왔다. 지구인은 그렇지 않다. 지구인은 기쁨도 슬픔도 전부 가슴 안에 가두었다. 그래서 슬플 때는 가슴이 미어지고, 기쁠 때는 가슴이 터질 것 같다. 그리고 지금 내 가슴은 몹시 답답했다.

3장

우정보다
다정

『다정한 종말 설계를 위한 안내서』에 따르면,

에너지를 많이 수확할 수 있는 종말은 다음과 같다.

모든 종말 설계자는 다정한 종말을 목표로 삼아야 한다.

다정하면 다정할수록 수확되는 에너지 양이 늘어난다.

행성 에너지를 많이 수확하기 위해서는

모든 경작 행성인의 마음이 다정한 상태여야 한다.

입가에 미소를 머금고 이처럼 기분 좋은 날은 처음이라고

생각한 순간에 종말이 이루어져야 한다.

『느아의 시험 보고서』

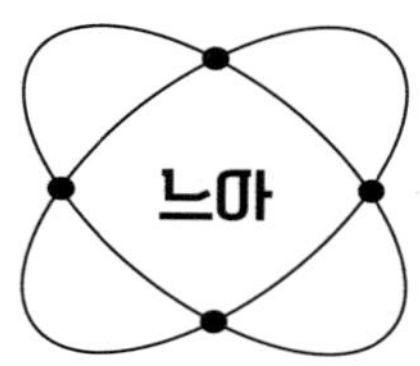

행성 7일. 날마다 행성이 자란다. 미니 행성이 자전과 공전을 거듭하면서 조금씩 자라나는 모습은 아무리 봐도 싫증이 나지 않는다. 오늘은 현미경으로 미니 행성을 들여다보았다. 행성인은 아직 보이지 않는다.

「느아의 시험 보고서」

"며칠 있으면 최초 인류가 탄생할 거야. 그날이 너무 기대되지 않니?"

내가 기픔에게 물었다.

"아니. 별로."

기픔은 오늘도 기분이 나쁜 모양이다. 낯빛이 창백하고, 눈 밑이 조금 검게 변했다.

야이보보 말대로 지구인은 기분에 따라 몸 상태가 결정되는 것 같다.

"즐거운 생각을 좀 해 봐."

나는 안타까운 마음에 충고했다. 즐거운 생각을 하는 게 도대체 왜 어려운지 알 수 없다.

"즐거워야 즐거운 생각을 하지."

기픔은 어깨를 축 늘어뜨리며 한숨을 길게 쉬었다.

"소금차를 마시면 기분이 좋아질 거야. 차 마시러 가자."

나는 기운을 북돋워 주려고 요란하게 박수를 치며 말했다.

기픔과 나는 차실에 가기 위해 앞서거니 뒤서거니 하며 해변을 걸었다.

"웩! 이게 다 뭐야? 어휴, 이건 처음 보는 우주 기생충이네."

나는 보이지 않는 무엇인가를 발로 걷어찼다. 투명하고 물컹한 것들이 발에 차였다. 아직 어린 개체들처럼 보였는데, 그 수가 제법 많았다.

"우주 기생충 그게 뭔데? 어디 있어? 정말 뭐가 있기는 해? 날 놀리려는 거지?"

기픔은 불안한 듯 주위를 두리번거리며 물었다.

"안 보여? 투명한 가래 덩어리 같은 거 말이야. 그게 우주 기생충이야. 여기도 저기도 있잖아."

나는 손가락으로 사방을 가리켰다.

『다정한 종말을 위한 안내서』에 따르면, 종말이 다가오면 우주 기생충이 스멀스멀 나타난다고 했다. 그리고 행성을 서성이며 행성이 종말하기를 기다린다. 에너지 수확이 끝나고 나면 남은 에너지 찌꺼기를 얻어먹기 위해서다.

그런데 가끔 최종 시험을 보는 곳에도 우주 기생충이 나타난다고 한다. 미니 행성의 종말 에너지를 진짜 행성의 종말 에너지로 착각해서였다.

"많은 기생충이 착각했나 보네. 무서워할 건 없어. 위험한 애들은 아니야. 간혹 성급한 기생충이 경작 행성인의 에너지를 산 채로 흡수하는 사고가 일어나기도 하지만 말이야."

나는 웃으며 말했다.

"경작 행성인인 나는 바로 그 점을 무서워해야 할 것 같은데."

기픔은 이렇게 쏘아붙이고는 앞장서서 걸어갔다. 왠지는 몰라도 화가 난 것 같았다.

기픔은 걸어가면서도 쉬지 않고 주먹과 다리를 허공에 대고 휘둘렀는데, 아마 우주 기생충을 때리려는 것 같았다. 나는 그 모습이 재미있어서, 아까 목격한 뒤로는 기생충이 나타나지 않았다는 말을 해 주지 않았다.

우리 예비 종말 설계자들은 차실에 모여서 각자 행성 상태를 공유했다.

오호의 행성은 성장이 거의 다 끝났다고 한다. 그래서 앞으로는 종말 설계에 집중할 것이라고 했다. 군치는 우리 중에 딱 한 명만 설계자로 선발된다는 강박관념 때문에 자신도 모르게 시험 도우미에게 짜증 나는 마음이 든다고 고백했다. 행성의 성장이 느린 이유가 전부 금성인 탓 같아서였다.

"저런! 가엾게도."

오호가 혀를 쯧쯧 찼다.

금성인에 대한 군치의 마음은 다음과 같았다.

"싫은데. 불쌍한데. 그런데 또 싫은데."

군치는 금성인의 치렁치렁한 물빛 머리카락이 얼굴에 닿으면 거의 울 것처럼 질색했다. 금성인은 그런 군치를 약 올리려는 듯 머리카락을 일부러 더 늘어뜨리고 다니는 듯했다.

"하지만 다정함엔 예외가 없어야 해."

오호는 이 말을 하고 나서 화성인의 손을 쓰다듬었다. 화성인은 오호의 손길에 흠칫 놀라며 손을 치웠다. 화성인의 6개 손가락 끝이 모두 검붉었다. 하얀 딱지가 아니라 피막이 생겼다. 설마 연고 발라 주는 걸 잊었나? 조금 이상했다.

"다정을 줘도 촌스럽게 받을 줄을 모르네."

오호가 내 귀에 대고 속삭였다. 오호는 화성인이 기분 상할까 봐 일부러 귓속말을 했다. 다정하기도 하지. 군치였다면 아랑곳하지 않고 큰 소리로 떠들었을 것이다.

다른 아이들과 견주어 보면, 내 행성의 성장이 제일 느렸다. 그러나 성장이 느린 것보다 나날이 늘어나는 벨트 고리의 수가 더 신경 쓰였다.

오늘따라 오호가 벨트를 더 유심히 바라보았다. 군치는 아예 소리 내서 고리수를 세었다.

기쁨의 두 발은 바닥에서 5센티미터쯤 들떠 있었다. 아침에 일어나 초록색 고리를 더 매달아 무게를 조정했는데도 이 모양이다. 그렇지만 고리를 가지고 다닐 순 없었기에, 시시각각 바뀌는 기쁨의 기분에 따라 고리를 빼거나 추가할 수는 없었다. 지금처럼 갑자기 기쁨의 기분이 나빠져서 풍선처럼 떠올라도 내가 달리 취할 수 있는 방법이 없다. 그저 기쁨을 풍선처럼 끌고 다닐 뿐이다. 어쩌다 기분이 좋을 때도 난처하긴 마찬가지였다. 무거운 고리를 허리에 매단 채로 질질 끌고 다녀야 했으니 말이다.

"내가 어떻게 해 줘야 기쁨의 마음이 이곳에 있게 될까? 지금 기쁨의 마음은 어디에 있는 걸까? 수확당한 지구에 있는 것일까? 아니면 야이보보 집에 있는 것일까? 그것도 아니면, 우주 어디를 떠돌고 있는 것일까?"

나는 한탄했다.

"그런데 네 종말 도우미 말이야. 마음이 정처 없이 떠도는 난민치곤 식욕이 너무 왕성하지 않니?"

오호가 말했다. 군치는 옆에서 키득거렸다.

"지구인이 잘 먹어서 부럽다. 내 도우미는 갈수록 몸이 약해져. 우리 음식이 입에 맞지 않는 것 같아서 걱정이야."

오호는 걱정스러운 표정으로 화성인을 보았다. 오호의 말대로 화성인은 처음 봤을 때보다 살이 많이 빠지고 키도 줄어든 것 같았다. 붉은 피부색이 바래서 회색으로 변하고 있었다.

지금도 화성인은 소금빵을 먹지 않고 포크로 쿡쿡 찌르고 있었다. 그에 반해 기픔은 소금차를 몇 잔이나 리필해서 벌컥벌컥 마셔 댔다. 금성인은 길고 가느다란 손가락으로 기픔의 찻잔에 자꾸만 차를 부어 주고, 화성인이 먹다 남긴 소금빵을 기픔의 접시에 놓아 주었다.

기픔이 제일 좋아하는 건 소금쿠키였는데, 소금쿠키는 오코 행성의 호수에서 나온 초콜릿으로 만들었다. 10리터의 물을 고운 체로 걸러 내면, 겨우 10그램 정도를 채취할 수 있을 만큼 귀한 초콜릿이다. 티타임에 쿠키가 나온 날이면, 기픔의 몸이 5센티미터쯤 아래로 내려왔다.

"그런데 저렇게 잘 먹는데, 왜 고리가 자꾸 늘어나는 건데? 종말 설계자가 난민 한 명도 제대로 설득하지 못한다면, 누구를 설득할 수 있는 건데?"

군치가 말했다. 부끄러워진 나는 벨트만 만지작거렸다.

"그래도 벨트는 아주 멋져. 잘 어울려."

오호는 한쪽 눈을 찡긋하며 나를 위로해 주었다.

오호는 다정함 그 자체였다. 다정함이 사람으로 태어난다면, 바로 오호일 것이다.

'다정함'이 좋은 종말 설계자의 조건이라면, 나도 차고도 넘치게 지니고 있었다.

가족들도, 마을 사람들도 말했다.

"느아, 너처럼 다정한 아이는 본 적이 없단다."

그러나 오호의 다정함은 내 다정함과 차원이 달라 보였다. 오호는 화성인에게도 딱 알맞은 다정을 주는 모양이었다. 화성인이 늘 오호의 말에 협조적인 모습을 보면 알 수 있다. 화성인은 말없이 웃기만 했다. 말대답도 하지 않고, 쾍행성을 떠나고 싶다는 생각도 하지 않을 것이다. 오호와 달리 내 다정은 기픔에게 전혀 통하지 않았다.

어째서 경쟁자인 오호와 군치가 아닌 나에게 고리가 달린 도우미가 온 것일까?

그런데 내가 방금 '경쟁자'라고 말했나? 맙소사, 내가 이런 말을 하게 될 줄이야! 부모님이 걱정한 것이 바로 이런 것이었다.

"우린 너를 경쟁이나 하라고 키우지 않았단다. 경쟁이라니! 1등이라니!"

"말도 안 돼. 우리가 너를 이기고 지고, 그런 무서운 걸 하라고 가르쳤니?"

부모님은 종말 설계자가 되는 것을 반대하며 말했었다.

그러나 내겐 반드시 설계자가 되고 싶은 이유가 있었다.

나는 기픔을 다시 한번 설득해 보기로 결심했다. 지난번에 기픔이 다큐멘터리를 보다가 뛰쳐나가서 미처 그 이유를 설명해 주지 못했다.

티타임이 끝난 뒤, 나는 기픔을 내 방으로 불렀다.

"종말 설계자가 되고 싶은 이유를 너에게 말해 주고 싶어."

내가 말했다.

기픔은 말없이 듣고만 있었다.

"종말 설계자는 우주에 도움이 되는 행성 에너지를 수확해. 그 에너지로 수많은 생명을 탄생시킬 수 있어."

나는 『다정한 종말을 위한 안내서』에서 행성 에너지 파트를 펴서 보여 주었다. 기픔은 대충 읽고 안내서를 내게 돌려주었다.

"네가 기억하는 지구는 어떤 곳이야?"

내가 물었다.

"몰라. 기억 안 나. 내 기억은 야이보보의 우주선에서부터야. 몸이 차갑고 뜨겁고 축축해서 불쾌했어."

"저런. 그럼 내가 자세히 알려 줘야겠다."

나는 『경작 행성사』를 벽에 펼치고 검색창에 '지구'라고 입력했다.

"경작 행성 관점에서 보면 지구는 불량 행성이다."

나는 소리 내어 지구에 관한 설명을 읽었다.

"지구를 불량 행성이라고 생각해야 종말시켜 버리기 편하겠지."

기픔이 미간을 찌푸리며 말했다. 본래 지구 안에 사는 사람은 지구를 객관적으로 볼 수 없는 법이다.

"지구인은 지구가 자기들만을 위해 있는 것이라고 착각했어. 운이 좋아 수명을 꽉 채워 봐야 100년밖에 못 사는 주제에 무한한 우주가 지구인을 위해서만 존재한다는 착각도 했고. 자, 이걸 좀 봐 봐."

나는 '지구 악인 목록'을 펜으로 복사해서 테이프처럼 길게 늘여 기픔의 몸을 돌돌 말았다.

"지구는 소수의 나쁜 놈을 다수의 사람들이 가까스로 막아 내며 버티고 있었어. 한 사람의 악의가 수백만 명의 악의보다

강해. 믿어지니? 지구는 점점 더 나빠질 수밖에 없었어. 사람은 미워하는 사람을 닮아 가기 마련이라 지구인들은 전부 나쁜 놈이 될 수밖에 없었기 때문이야. 이해가 안 된다면 그림으로 그려 줄 수도 있어."

"아니, 됐어. 이해했어. 전염된다는 거지."

기픔이 악인 목록을 두 손으로 잡아서 찢으려는 시늉을 했다.

"오염된다는 거야."

나는 목록을 없애 주었다.

"그래서 지구인들은 다 그 모양 그 꼴이라는 거지? 그러니까 아무렇지도 않게 종말시켜 버려도 상관없다는 거지? 너희는 모두 결백하다는 거지? 결론은 그거잖아. 맞잖아."

기픔은 화를 냈다.

저런, 애초의 내 의도와 상관없이 기픔은 슬금슬금 공중으로 떠오르고 있었다. 나는 줄을 붙들고 다급히 소리쳤다. 어서 기픔을 마음을 달래 줘야 했다.

"네가 종말의 종류를 고를 수 있게 해 줄게. 어때? 그러면 네 마음이 조금은 편안해지지 않을까? 절대로 피와 비명이 많이 나오는 잔인한 종말을 하지 않을게."

그러나 기픔의 표정을 보니 이번에도 설득에 실패한 것 같다. 어째서인지 기픔이 앞에만 서면 자꾸 실수를 하게 된다. 그동안 무차별적인 애정에 둘러싸여 지내 온 나는 내게 반감을 품고 불친절하게 행동하는 행성인에게 어떤 식으로 다가가야 할지 몰라 서툴게 행동했다.

나는 이날 보고서에 다음 내용을 덧붙이고 잠들었다.
'설득 불가능! 이해 불가능!'

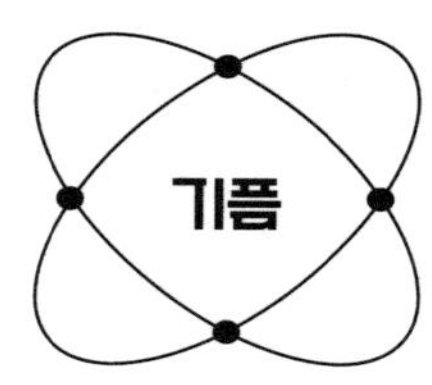

기픔

시험실에 들어가니 행성이 살짝 기울어 있었다.

"삐뚤어졌어."

나는 행성을 바로 세웠다.

"아니야. 그게 맞아."

느아가 얼른 달려와 행성을 본래대로 다시 기울여 두었다. 느아는 한 시간에 한 번씩 깨어나서 대기 성분과 온도를 측정하고 부족한 부분을 채워 주었다.

"주는 만큼, 딱 그만큼 다시 받아 간다는 거구나."

느아가 정성껏 미니 행성을 돌보는 모습을 보며 내가 말했다.

"무슨 뜻이야?"

"미니 행성에 열심히 마음을 주고 있잖아. 어차피 종말시킬 거면서 말이야."

"네 말이 맞아. 정을 주고 있지. 앞으로도 아주아주 많이 줄 거야."

느아는 미니 행성을 사랑스럽다는 듯이 바라보며 말했다. 그 눈빛을 보자 온몸에 연필심만큼 가느다란 초록색 애벌레가 기어 다니는 것처럼 간지러운 느낌이 들었다.

"그런 건 가짜 다정이야."

"가짜 다정? 그런 말은 처음 들어 봤어. 다정에 가짜와 진짜가 있어?"

느아가 어리둥절한 표정으로 물었다.

"네가 미니 행성한테 하는 모든 말과 행동이 바로 가짜 다정이야. 가짜 다정은 역겨워. 네 시험 점수를 위해 억지로 다정한 척하는 거잖아. 진심으로 미니 행성을 좋아해? 행성인들을 좋아해? 설마. 그럴 리 없지. 좋아하는 걸 종말시키려고 하진 않을 테니 말이야."

나는 화를 내며 소리쳤다.

"나, 이런 장면 책에서 읽었어. 지구인의 분노 말이야. 지구인을 반으로 가르면 어쩌고 하는 대목이었는데, 잠깐만."

"책? 됐어. 책은 이제 더 보고 싶지 않아. 지구에 관해 알고 싶지 않다고."

내가 말했다.

그러나 내가 거부했는데도 느아는 『경작 행성사』를 가져왔다.

"오늘의 지구 수업이 또 시작됐구나."

나는 한숨을 쉬며 비아냥댔다.

"찾았다. 바로 이 내용이야. 읽어 줄게. 잘 들어 봐."

느아는 책을 펼쳐서 지구인과 관련된 대목을 읽어 내려갔다.

"지구인을 물리적으로 반으로 가르면 장기와 뼈와 피가 있다. 정신적으로 반으로 가르면 온갖 감정이 흩어져 있다. 온갖 감정에는 슬픔, 미움, 분노, 증오, 두려움, 좌절, 우울, 고독이 있다. 흠, 역시 내 예상대로야. 즐거운 단어는 전혀 보이지 않네."

느아가 한숨을 내쉬며 말했다.

그 교과서에 따르면, 지구는 대체로 2030년에서 2040년 사이에 멸망한다. 경작 행성으로서 지구의 가치는 최하등급이다. 수확 에너지가 소량이며, 에너지의 질도 나쁘기 때문이다.

또한 지구인들은 지속적이며 영구적인 불행 상태에 있었다. 그래서 지구는 계속 종말할 수밖에 없었던 걸까?

지구인들과 반대로 느아는 지속적이며 영구적인 행복 상태가 기본 값으로 설정된 듯했다.

오후에 야이보보와 우주선이 콱행성에 왔다.

나는 우주선이 수다 떠는 소리를 듣자마자 밖으로 나가 야이보보에게 말했다.

"지구에서 튕겨 나온 저를 어디서 어떻게 발견했는지 말해 주세요."

"한 번도 물어본 적이 없으니까 한 번도 말해 주지 못했지."

야이보보가 웃으며 말했다.

"그럼 지금 물어볼게요."

"오늘은 안 돼. 바쁘다."

야이보보는 점점 더 하늘로 올라가는 나를 우주선에 묶어 두고 가 버렸다. 느아에게 전해야 할 말이 있다고 했다.

우주선은 나에게 "음. 음. 음음음"이라고 아는 체를 했지만, 나는 아무 음음도 하지 않았다. 그날 이후로 우주선과 나는 서로 말을 하지 않는 매우 서먹한 관계에 있었다.

그런데 가만 생각해 보니 내가 튕겨 나왔을 때, 그 자리에 야이보보만 있었던 건 아니었다. 우주선도 그 자리에 있었다.

"그날에 관해 말하지 마. 절대 말하면 안 돼. 넌 잘 모르면서 아는 척하잖아."

나는 우주선에게 슬쩍 말을 걸었다.

"말이 나왔으니 말인데, 그때 나도 그 역사적인 순간에 있었단다. 아, 그날 기억이 아주 생생해. 하지만 야이보보 님이 말하지 않는다면, 나도 절대로 말해 줄 수 없지."

우주선이 추억에 잠긴 목소리로 말했다.

"그래. 그러렴. 하나, 둘, 셋."

나는 관심 없는 척 벨트에 달린 고리의 개수를 소리 내어 세었다.

"아는 척하는 게 아니라 진짜 아는 거야. 알아도 말할 수 없어."

우주선은 볼멘소리로 말했다.

"넌 아무것도 몰라. 지금 기억을 떠올려 보면, 우주선은 허름한 노란색이 아니라 선명한 파란색이었어. 네가 아닌 다른 우주선이었어."

나는 우주선을 어떻게 다뤄야 할지 잘 알고 있다.

"아니야. 잘 떠올려 봐. 분명 나처럼 깜찍한 노란색 우주선이었을 거야."

우주선은 억울해했다.

"다시 떠올려 봐도, 여전히 파란색이야."

나는 말했다.

우주선은 이제 더는 참을 수가 없었다. 숨도 쉬지 않고 떠들기 시작했다. 물론 우주선은 숨을 쉴 필요가 없었다.

"너는 지구의 41번째 종말 때 튕겨 나왔어. 튕겨 나오자마자 야이보보에게 입양되었다고 생각했겠지만, 그렇지 않아. 회사는 경작 행성 난민을 무조건 냉동해 둬. 필요할 때 해동해서 사용하려고 말이야. 냉동 인간은 해동한 지 1년이 지나야 새로운 환경에서 제대로 활성화하기 때문에 자원봉사자들에게 임시 보호를 맡겨. 그다음은 너도 알지? 야이보보가 너를 보호했잖아."

"내가 왜 필요했어? 시험 도우미 시키려고?"

"응."

"야이보보가 나 말고도 다른 아이들을 보호한 적 있지? 그 아이들도 시험 도우미를 했을 테고. 그다음에는 어떻게 되는 거야? 또 다른 행성으로 시험 도우미를 하러 떠나는 거야?"

"아니. 시험 도우미를 두 번 하는 난민은 본 적 없어. 애들이 어디로 갔는지는 나도 몰라. 회사에서 마주친 적도 없어. 작별 인사도 없이 어디로 가 버렸어. 매정한 것들."

"그 매정한 아이들 중에 나 같은 지구인이 있었어?"

"그야 당연하지. 서운하겠지만, 네가 나의 첫 번째 지구인은 아니야."

"그 지구인은 지금 어디 있어?"

"아까 말했잖아. 가 버렸다고. 그런데 경작 행성 난민들이 살고 있다는 행성 이야기를 들은 적 있어. 우리 우주선들 사이에 떠도는 소문이야."

우주선이 말했다.

"조용히 해. 시키지 않은 말은 하지 말라고 내가 경고했을 텐데.”

어느새 볼일을 마치고 돌아온 야이보보가 한 팔로 팔짱을 끼며 말했다.

우주선의 이야기를 듣고 돌아온 나는 조금 아래로 내려왔다. 정확히 고리 3개 정도 내려왔다. 내가 오랫동안 냉동 인간이었다니. 그래서 처음 느낀 감정이 ‘춥고 뜨겁고 축축한’이었던 거다. 마치 냉동 고기가 해동되는 것처럼 말이다.

고리가 땅에 끌리는 모습을 보고 느아가 기뻐하며 고리를 빼 주었다.

“이제 좀 괜찮아진 거네. 우리 둘.”

느아는 다정하게 웃으며 말했다.

“우리 사이에 우정이 생겼다느니 친구가 되었다느니 그런 말은 아예 꺼내지도 마.”

나는 퉁명스레 말했다.

“우정? 친구? 처음 들어 보는 단어야. 무슨 뜻일까?”

느아는 『온 우주 단어장』을 펼쳐서 검색했다.

“특별히 좋아하는 사람을 ‘친구’라고 부르는구나! 친구 사이의 감정을 ‘우정’이라고 하고. 그러면 친구는 차별 단어네. 소수의 사람들만 특별 대우 해 주고 나머지는 특별하지 않다는 거잖

아. 콱행성에는 친구 개념은 없어. 친함의 정도는 모두 같아. 그러니 콱행성인들은 전부 친구야. 모두에게 다정해. 역시 우정보다는 다정이 최고야. 우정에는 조건이 필요하지만, 다정에는 조건이 필요하지 않으니까 말이야."

느아는 말했다. 언제나 그랬듯이 느아는 맞는 말만 했다. 이건 인정.

그날 밤. 우주선의 말이 머릿속을 맴돌았다. 어두운 생각이 비집고 들어오는 것을 막으려고 최대한 몸을 웅크렸다. 공벌레처럼 무릎을 팔로 안고 머리를 팔 안에 넣어 돌돌 말았다. 공벌레처럼? 지구에 관한 기억은 거의 없는데 어째서 공벌레가 갑자기 기억났을까? 공벌레를 구경하는 어린 내 머리를 쓰다듬어 주던 따뜻한 손길이 생각났다. 아마 부모님일 것이다.

시험 도우미 일을 마치고 나면, 나는 어디서든 홀로 살아가지 않으면 안 된다. 그러면 어디로 가야 할까? 우주선의 말처럼 다른 지구 난민들이 어디엔가 살고 있다면, 그곳으로 가면 된다. 지금으로선 그게 내가 걸 수 있는 최선의 희망이다.

튕겨 나온 나를 1년 동안 돌봐 준 회사와 야이보보를 위해 시험 도우미 일을 제대로 해내야겠다는 생각도 했다. 회사에서 나를 모른 척했다면, 나는 바로 그 자리에서 죽었을 것이다.

4장

다정은 일시적이지만, 영구적이다

종말 설계자가 되고 싶다고 했을 때, 부모님은

내가 경작 행성인을 직접 만나게 되는 것을 가장 많이 걱정했다.

"경작 행성인들에게 동정심과 선의와 호의 그리고 다정을

베푸는 것은 가능해도 우정은 절대 나누지 말거라. 절대로."

아빠는 말했다.

"동정할 것도 없어. 경작 행성인들을 위해서 종말이 있는 거야.

전부 다 그들을 위해서 하는 일이야. 망가진 행성을 부수고

새로운 행성을 만들어 주는 일은 굉장히 좋은 일이란다."

엄마는 내 뒤통수를 몇 번이고 쓰다듬으며 당부했다.

「느아의 시험 보고서」

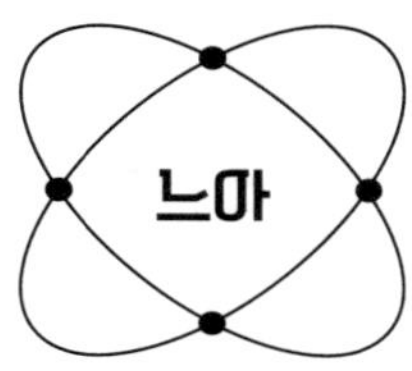

행성 14일. 드디어 내 행성에도 행성인이 나타났다. 내가 키운 행성의 크기는 합격이다. 그러나 경작 행성인은 10명밖에 생성되지 않았다. 군치가 키우는 행성의 거주인은 100명을 넘어서면 안 되는데, 벌써 1000명이 넘었다고 한다. 행성이 너무 좁아서 그 스트레스를 이기지 못하고 자살하는 행성인이 많다고 했다. 반면 오호의 행성은 완벽하게 완벽했다. 행성인들의 거주 만족도가 만점에 가깝다고 한다. 맙소사, 만점이라니! 그게 가능?

「느아의 시험 보고서」

오늘의 보고서를 쓰고 나니 저절로 한숨이 나왔다. 휴, 쉽지 않네. 분명 설명서에 적힌 대로 열심히 따라 했는데, 행성인 생성이 왜 이렇게 더딘지 이해할 수 없었다.

"다정은 일시적이지만, 영구적이다."

나는 다정 계명을 중얼거렸다.

다정한 행동을 한 번 하면, 그 행동의 효과가 영구적으로 계속된다는 뜻이다.

나는 내 미니 행성에 충분한 다정을 주었다. 뭐가 부족했던 것일까? 나는 종말 설계판 사용법을 익히기 위해 설계판을 꺼내며 또 한숨을 내쉬었다.

설계판을 펴자 금색 글씨의 '자신의 종말은 자신의 힘으로'라는 슬로건이 툭 튀어나와 내 뺨을 스치며 날아갔다. 나는 판을 들추고, 아래에 깔려 있는 종말 카드들을 늘어놓았다. 이 중 카드 하나를 골라서 미니 행성을 종말시켜야 한다.

붉은색 카드는 원자의 진동이 멈추는 카드다. 원자의 진동이 멈추면 행성의 모든 물질과 행성 그 자체가 한순간에 소멸되어 버린다.

초록색 카드는 치명적인 호흡기 전염병 카드로, 제일 먼저 시력을 잃게 만든다.

노란색 카드에 쓰인 글자는 '자신감'이다. 경작 행성인들에게 무엇이든 할 수 있으리라는 자신감을 주는 카드로, 무모하고 어리석은 짓을 하게 만들었다. 무모하고 어리석은 짓이 하나둘 모여 자연스레 종말로 향하는 입구를 열어 주는 것이다.

보라색 카드는 내가 가장 좋아하는 종말 카드로, '누구든지 2명' 카드다. 이 카드를 쓰면 인구가 하루아침에 두 배로 증가한다. 한 사람이 똑같은 두 사람으로 되는 것이다. 사람은 자기 자신을 만나게 되면 머리털이 쭈뼛 설 정도로 놀라 심장마비로 급사했다. 급사하지 않은 사람들은 눈앞에 있는 자기 자신을 한시라도 빨리 죽이고 싶어 했다. 자신의 눈으로 자신의 눈을 바로 보는 것은 결코 유쾌한 일이 아니기 때문이다. 불행히도 자기 자신과 자기 자신은 서로 마음이 같아서, 서로를 해치기 시작한다. 자기 자신에게 죽을 기회를 준다는 점에서 다정 지수가 높은 종말 방법이다.

오늘 티타임에는 소금케이크가 간식으로 나왔다.

나는 다른 테이블에 앉아서 차를 마시는 종말 도우미 쪽을 힐끔힐끔 쳐다보았다.

기픔의 먹성은 오늘도 변함없이 대단했다. 기픔은 큼직한 케이크를 손으로 들고 먹었다. 소금차도 벌컥벌컥 들이켰다.

하루에도 몇 잔씩 소금차를 마셔 대는 기픔을 위해 소금차가 끊기지 않게 밤낮으로 끓여 두느라 정신이 없었다.

그런데 지난밤에 이상한 일이 있었다. 소금차를 담은 물병을 주러 기픔의 방에 갔다가 울음소리를 들었다. 우는 걸 방해하고 싶지 않아서 방문 앞에 물병만 두고 조용히 돌아섰었다.

기픔은 왜 울었을까? 지구가 그리워서 울었을까?

나는 자기 케이크를 다 먹어 치우고 화성인의 케이크에 포크를 대고 있는 기픔을 보며 생각했다.

경작 행성인에게 그들의 행성을 종말시켜야만 한다는 점을 설득시킬 수 있을까?

어떻게 하면 그들에게 정해진 수명이 있다는 사실을 이해시킬 수 있을까?

이 사실을 순순히 받아들일 수 있는 경작 행성인이 몇 명이나 될까?

수업 시간에 '설득력'이 곧 종말 설계자의 능력이라고 배웠다. 교과서에 나오는 선배들의 설득 기술을 모두 익혔지만, 실전에서 통할 수 있을지는 자신 없다. 당장 기픔만 봐도 알 수 있다. 내가 선택한 이 직업은 예상보다 더 힘겨운 직업이었다.

"자신이 살고 있는 행성이 종말해야 한다는 점을 설명해 주면, 아 그렇구나 하고 고개를 끄덕이며 웃을 수 있는 경작 행성인이 과연 존재할까? 너희는 시험 도우미하고 소통이 잘되니?"

나는 아이들에게 물었다.

"소통? 글쎄. 긴 이야기를 나누진 않아. 간단한 대화는 하지. 아니, 대화가 아니라 의사소통이라고 해야 할 것 같아. 너희도 알다시피 내 종말 도우미는 말을 제대로 못 하잖아.”

오호는 이렇게 말하고 조금 지친 듯이 덧붙였다.

“말이 안 통하는 행성인과 함께 있는 건 피곤한 일이야. 물론 나는 화성인이 불편하지 않게끔 충분히 배려하고 있어.”

군치는 대화는 하지 않고 다툰다고 대답했다.

금성인은 군치가 무슨 말을 하든 언제나 반대 의견을 내놓는다고 했다.

“항상 모든 말이 ‘아니’로 시작하는데. ‘아니, 그게 아니라.’ ‘아니, 네가 잘못 생각하고 있는 것 같아.’ 아니. 아니. 아니. 으으으. ‘아니’라는 단어를 통역기에서 삭제해 버릴까 하는데?”

군치가 심각한 표정으로 말했다.

휴. 우리 셋은 동시에 긴 한숨을 내쉬었다.

“그런데 시험이 끝나면 도우미들이 어떻게 되는지 알아?”

나는 군치와 오호에게 물었다.

“집에 가겠는데? 참, 집이 없겠는데.”

군치가 말했다.

“생각해 본 적 없어. 본래 있던 곳으로 돌아가든지 하겠지. 그런데 그게 왜 궁금해?”

오호가 물었다.

“어떻게 되는지 미리 알려 주면 기픔이가 좀 안심할 것 같아.

자기 앞날을 모르니 불안한 게 아닐까? 그래서 몸이 있는 곳에 마음을 두지 못하는 게 아닐까?”

내가 말했다.

바로 그때 우리의 중간 점수가 적힌 파일이 테이블 앞에 펼쳐졌다. 예고도 없던 일이라 갑작스러웠고, 내 중간 점수는 충격적이었다. 내 점수는 1등인 오호 점수의 절반도 채 되지 않았다.

“이건 네가 행성에 신경 쓰지 않고 시험 도우미 기분이나 맞추려고 한 탓이야. 다정하게 대해 주면 그만이지, 기분이 왜 중요해? 정말 중요한 게 뭔지 모르겠니? 빨리 행성을 완성해야 모의 종말을 연습해 볼 시간을 확보할 수 있어.”

오호는 내게 설교를 늘어놓았다. 군치는 옆에서 고개를 끄덕였다. 군치 점수는 나보다 조금 더 높았다.

“최선을 다해 다정하게 대하지만 잘되지가 않아. 어젯밤에는 혼자 울고 있더라.”

나는 괴로웠다.

“도우미가 네 다정을 받아들이지 못하는 게 네 잘못은 아니야. 지구인의 특성인 불안, 의심, 우울 때문이야. 내가 알기로 도우미를 한 번은 바꿀 수 있어. 길들이기 힘들면, 더 늦기 전에 도우미를 바꿔 보는 게 어때?”

오호가 충고해 주었다.

오후에 집으로 돌아와서 피 뽑을 준비를 하자, 기픔은 말없이 소매를 걷어 올리고 팔을 내밀었다. 원래 하루에 다섯 번 피를 뽑는데, 오늘부터 횟수를 열 번으로 늘렸다. 행성인 수를 늘리려면 이 방법밖에 없다.

갑자기 오호는 하루에 몇 번 피를 뽑는지 궁금해졌다. 화성인의 창백한 안색으로 추측하건대, 적어도 열 번이나 스무 번, 아니 어쩌면 그 이상일지도 모른다.

굵은 바늘을 기픔의 손가락 끝에 푹 꽂았다. 처음에 바늘을 꽂을 때는 아플까 봐 걱정했는데, 그런 걱정은 할 필요가 없었다. 기픔은 늘 무표정하게 숨소리도 내지 않고 피를 잘 뽑았다. 그리고 경작 행성인의 건강을 위해서 고인 피를 날마다 조금씩 빼 주는 것이 좋다고 수업 시간에 들었다.

미니 행성에 피를 뿌려 준 뒤, 기픔은 주먹을 꽉 쥐고 팔을 들어 내 얼굴 앞에 대고 흔들었다.

나는 흠칫 놀라 뒤로 물러섰다.

“무슨 짓이야? 피 많이 뽑았다고 항의하는 거야?”

“힘내. 아까 중간 결과 봤어. 네가 꼴찌던데.”

기픔은 이렇게 말하고는 내 대답도 듣지 않은 채 고리를 질질 끌며 자기 방으로 들어갔다.

나는 얼른 책을 펴고 지구인 행동 기호를 검색해 보았다.

맙소사!

지구인들 사이에서는 팔을 휘두르는 것이 서로를 격려하는 행동으로 통한다니, 매우 폭력적인 격려가 아닐 수 없었다.

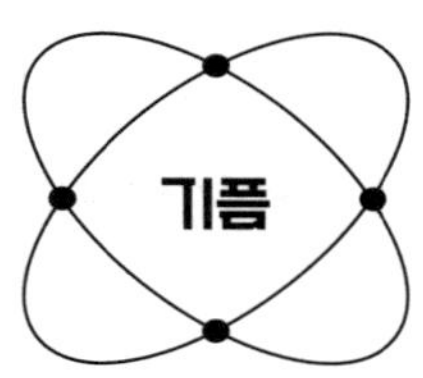

소금차를 너무 많이 마셨다. 어쩔 수 없다. 콱행성의 음식은 전부 다 맛있다. 야이보보와 함께 살던 데리다행성과는 달랐다. 데리다행성의 주식은 고구마와 비슷하게 생긴 '아야쯔'다. 아야쯔의 검고 가시가 많은 껍질을 벗겨 내면 노란색 속살이 나오는데, 이 속살을 찌거나 튀겨서 먹었다. 아야쯔는 한번도 맛본 적 없는, 지독히도 맛없는 맛이었다.

그런데 소금차의 부작용이 기억력이 좋아지는 거라는 말은 진짜였다. 자려고 눕는 순간, 갑자기 지구에서 있었던 일들이 기억났다.

한 달 넘게 이어지던 태풍이 멈춘 날이었다. 그날도 부모님은 티격태격했다. 떠오른 기억 속에 부모님의 얼굴은 없고, 형체와 목소리만 있다.

"지구가 경고하는 거야. 쓸데없는 물건만 잔뜩 사들이는 당신 같은 사람한테 말이야. 자기 좀 아껴서 사용해 달라고 말이지."

아빠가 창문과 문틈에 붙인 청테이프를 힘겹게 뜯어내며 말했다.

아빠는 엄마가 비슷비슷하거나 완벽하게 똑같은 물건들을 사들이는 것에 불만이 많았다.

"그래? 당신부터나 좀 잘해 봐. 당신도 발전이라는 걸 좀 해 보지 그래? 아니다. 진화가 더 어울리겠네. 신었던 양말을 아무 데나 벗어 놓지 않는 것부터 시작해 보면 어때?"

엄마는 아빠의 양말을 엄지와 검지로 집어 들어 아빠 코앞에 대고 흔들며 말했다.

아빠는 양말을 뺏어서 던지며 소리쳤다.

"그 발전이라는 말 좀 그만해. 발전. 발전. 그놈의 빌어먹을 발전 때문에 세상이 결국 이 지경이 된 거잖아. 이상 기후로 태풍이나 불어 대고."

"됐어. 그만하자. 어쨌든 태풍은 끝났잖아? 끝. 모든 게 제자리로 돌아갈 거야."

내 기억은 여기까지다. 그다음에는 어떻게 되었을까?

한번 떠오른 기억은 끈질겼다. 나를 붙잡고 놓아주지 않았다.

잠이 오지 않아 밖으로 나가려고 방문을 열었다. 그런데 문 뒤에서 뭐가 걸리적거렸다. 물병이었다. 느아가 가져다 놓았을 것이다. 느아는 밤마다 나를 위해 소금차를 끓여 주었다.

테라스로 나가자 느아가 밤하늘을 보고 있었다. 나는 느아 옆으로 갔다.

"뭘 보고 있는 거야? 난 우주에 대해 아무것도 상상할 수가 없어. 밤에 내가 볼 수 있는 우주는 삭막하고 외로운 풍경뿐이야. 우주는 어둡고 깜깜해. 드문드문 별만 있을 뿐이야. 막막하고 넓어. 하늘을 아무리 쳐다봐도 볼 만한 것이 하나도 없어."

내가 말했다.

"놀랐어. 먼저 말을 걸다니. 이렇게 길게 말하다니."

느아의 파란 눈이 더 파랗게 변했다. 느아는 말을 이어 갔다.

"네 눈에 보이는 반짝이는 별은 모두 경작 행성이야. 나머지 검은 부분이 우리야. 네가 보는 별이 내 눈에는 구멍처럼 보여. 구멍 뚫린 것처럼 군데군데 검은 점이 있어. 나머지는 환하고 밝고 다채로운 색과 아름다운 것으로 가득 차 있어. 내가 보는 것을 너도 볼 수 있다면 좋을 텐데."

느아가 황홀한 표정으로 하늘을 올려다보았다. 밤하늘에는 진홍빛 구름이 드리워져 있었다.

한참을 말없이 하늘만 보던 느아는 자러 들어갔다.

나는 몰래 시험실에 들어갔다. 손가락을 바늘로 콕콕 찔렀다. 같은 자리를 하루에도 몇 번이고 바늘로 찔러 대니 찌를 때마다 너무 아파서 비명이 나오려고 했다. 그렇지만 다른 행성들의 성장이 끝난 것을 알고 나니 조바심이 생겼다. 못하는 것보다 잘하는 편이 낫겠지. 도우미 역할을 성공적으로 해내면, 나의 미래 선택지가 늘어날 수 있을지도 모른다.

금세 핏방울이 송골송골 맺혔다.

현미경 안경을 쓰고 들여다보니 작은 행성인들이 피 냄새에 동요하는 모습이 보였다.

행성 위로 손가락을 내밀자, 떨어지는 핏방울 아래로 작은 행성인들이 모여들었다. 고개를 쳐들고 입을 벌려 내 피를 마셨다. 꿀떡꿀떡 잘도 받아먹는 행성인들을 보니 재미있어서 한참을 그렇게 있었다. 갑자기 머리가 핑 돌았다. 빈혈 증상이다.

미니 행성은 자랄수록 점점 더 짙은 파란색이 되었다. 행성 안에는 바다도 있고 숲도 있었다. 신기했다. 보면 볼수록 이 행성은 지구와 비슷했다.

문득 이상한 기분이 들었다. 나는 급히 『경작 행성사』를 펼쳐 보았다. 책의 맨 뒷장 부록에 행성 씨앗의 종류와 그림이 있다. 나는 이들의 언어를 모르지만, '지구'라는 단어가 어떻게 생겼는지는 안다. 어렵지 않게 지구의 씨앗을 찾았다. 그리고 지금 내 앞에 있는 미니 행성이 미니 지구라는 것을 알아냈다. 그러고 보니 느아가 즐겨 보는 다큐멘터리에 나온 행성도 지구였다. 느아가 가장 종말을 설계하고 싶어 하는 행성도 지구였다.

바로 그래서 지구인인 내가 도우미로 배정된 것이다. 이렇게 당연한 사실을 지금껏 깨닫지 못한 나 자신이 한심했다.

나는 함정에 빠진 기분이었다. 누가 나를 도와줄 수 있을까? 아까 느아에게 듣기로, 야이보보가 내일 아침에 콱행성을 방문한다고 했다. 느아와 할 이야기가 있어서라고 한다. 야이보보는 믿을 수 없다. 그렇지만 우주선이라면, 잘하면 나를 도와줄지도 모른다.

나는 계속 피를 뿌려 주며 작은 지구를 구할 방법을 생각했다. 작은 지구의 지구인들을 탈출시키고 싶다. 어차피 진짜 지구의 종말은 내가 막을 수 없다. 그러나 작은 지구의 종말이라면 막을 수 있을지도 모른다. 작은 지구를 우주로 보내면 살아남을 수 있지 않을까?

이튿날 아침, 나는 느아 몰래 미니 지구를 신푸맛 푸딩 컵에 담아 시험실을 나섰다. 말랑말랑하고 투명한 푸딩 안이라면 지구가 흔들리지 않고 안전할 것 같다. 그런데 몸이 점점 더 위로 떠올랐다. 걷기가 쉽지 않다. 점프하면서 겨우겨우 앞으로 나아

갔다.

시험실을 벗어나자 미니 지구는 눈에 띄게 생기가 사라지고 있다. 피를 잔뜩 마시고 방방 뛰어다니던 지구인들도 누워서 꼼짝을 하지 않는다.

나는 어렵지 않게 우주선을 찾았다.

다행히 오늘의 우주선은 에코백이었다. 야이보보는 평소에 우주선을 배지 형태로 가슴에 달거나 가방처럼 들고 다녔다. 만약 배지 형태였다면 우주선에 접근할 수 없을 것이다.

야이보보는 가방을 아무 데나 두고 다니는 습관이 있는데, 오늘도 마찬가지였다. 노란색 우주선이 그려진 에코백이 벤치에 덩그러니 놓여 있었다.

"어이, 반갑다."

우주선이 나를 불렀다.

나는 우주선, 아니 에코백 안에 푸딩을 집어넣었다.

"쓰레기는 쓰레기통에 넣어. 나한테 넣지 말고."

우주선이 투덜거렸다.

"가만. 잠깐. 이거, 이거 뭔데 이렇게 뭉클한 거야?"

우주선이 소리쳤다.

이제 지상에서 100미터쯤 멀어진 나는 아래를 내려다보며 소리쳤다.

"미니 행성이야. 그게 지구래."

"그럴 테지. 미니 지구니까 지구인 도우미가 배정된 거야."

"역시 나만 빼고 다 알고 있었구나."

나는 조금 더 위로 떠올랐다.

"저런, 벨트 무게를 늘려야겠구나."

우주선이 말했다.

"미니 지구를 구해 줘. 여기 있으면 느아가 종말시킬 거야. 부탁이야. 도와줄 수 있지?"

"어차피 커다란 지구도 계속 종말하고 있잖아. 그 종말이랑 이 종말이랑 뭐가 달라?"

"내가 막을 수 있다는 것과 없다는 것이 달라. 큰 지구 종말은 막을 수 없지만, 내 눈앞의 종말은 막을 수 있잖아. 막을 수 있는 일이라면, 최선을 다해 막고 싶어. 도와줘. 너는 최고의 우주선이고, 최고의 친구고, 내가 우주에서 제일 좋아하는 우주선이야."

'제일 좋아하는 우주선'이라고 말할 때 나는 10센티미터 쯤 아래로 내려왔다. 우주선을 설득하려고 마구 지어낸 말이 아닌 진심이었다. 나조차 몰랐던 나의 진심. 생각해 보면 나를 선입견 없이 있는 그대로 받아 준 존재는 오직 우주선뿐이었다.

"좋아. 너는 내가 제일 좋아하는 난민이니까 네 부탁을 들어 주고 싶어. 느아한테 들키지 않으면 되는 거지?"

우주선의 말에 나는 20센티미터 정도 더 아래로 내려왔다.

"맞아. 느아가 절대로 찾지 못할 곳으로 보내 줘."

"나를 믿어? 나를 믿는다고? 푸르. 푸르룩. 나를 믿는다는 사람은 네가 처음이야."

우주선은 감격에 겨워 에코백 주둥이를 푸르룩거렸다.

나는 우주선이 하도 고마워서 꽉 껴안아 주고 싶었다. 하지만 여전히 공중에 떠 있어서 그럴 수가 없었다.

5장

다정은
초행성적이다

"나는 너희가 사라져야 하는 단 하나의 이유를 알고 있어. 그게 뭐냐 하면, 사라져야 하기 때문이야. 죽지 않아야 하는 이유를 천 가지 말해도 어차피 인간은 때가 되면 모두 죽게 마련이잖아? 그것과 마찬가지야. 잠자고 일어나는 것과 마찬가지야. 넓은 관점에서 봐. 밤에 잠드는 걸 두려워하는 존재는 아기들뿐이야. 아기들은 잠들면 세상이 끝난다고 생각해. 신나고 재밌고 따뜻한 세상이 끝난다고 생각한대. 그래서 잠이 들면 달콤한 모유가 있는 이곳으로 다시 돌아오지 못할 것 같아서 졸려도 잠을 안 자려고 해. 그렇지만 아기들이 평온한 잠을 자고 다시 깨어나도 여전히 신나고 재밌고 따뜻한 세상과 달콤한 모유가 그대로 이곳에 있어. 너희도 그렇게 될 거야. 잠깐 평온한 잠을 자는 것에 불과해. 다시 돌아오게 될 거야."

『다정한 종말을 위한 안내서』의
'경작 행성인을 설득하는 방법'에서

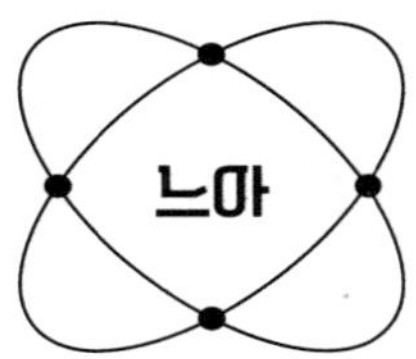

행성 21일. 인구수는 42명으로 안정적이다. 앞으로 태어날 행성인을 합치면 대략 57명이 될 것 같다. 쌍둥이를 임신한 행성인 부부가 몇 쌍 있기 때문이다. 태아 사망률이 50퍼센트로 높은 편이긴 하지만, 70퍼센트대였던 지난주와 견주면 아주 양호하다. 다음 주에는 30퍼센트대로 진입할 듯하다. 죽은 태아들을 핀셋으로 집어내 쓰레기통에 버렸다. 모든 것이 순조롭다. 어떤 종말을 설계할지 고민할 시점이 왔다.

「느아의 시험 보고서」

한참을 머뭇거리다 야이보보에게 긴급 면담을 요청한 이유를 말했다.

"저, 저기, 시험 기간 중에 종말 도우미를 한 번 바꿀 수 있다고 들었어요."

"바꾸고 싶니?"

야이보보는 따뜻하게 웃었다.

"아니, 꼭 바꾸고 싶은 건 아니지만……."

나는 말끝을 흐렸다.

"피를 채취할 때 기픔이가 비명을 크게 질렀구나? 그래서 마음이 괴로웠던 거니? 종종 그런 항의가 들어오곤 해. 하지만 다른 도우미로 바꿔도 비명 소리는 똑같을 거야. 지구인은 채혈할 때 통증을 많이 느끼거든. 다른 경작 행성인들보다 새 피 생성이 느려서 빈혈 증상이 오기도 하고. 심한 경우에는 기절하기도 해. 차마 보고 있기 괴로운 일이지. 그렇지만 네가 시험 대상으로 지구를 적어 냈으니, 그 정도 괴로움은 감내해야 한단다."

야이보보는 나를 타일렀다.

"아니요. 그런 건 아니에요. 기픔은 비명을 지르지도, 아파하지도 않았어요."

나는 당황하며 손사래를 쳤다.

"흠. 기픔이는 기특하게도 참을성이 많구나."

야이보보 말을 듣고 나서야 나는 기픔의 방에서 새어 나온 울음소리가 무엇을 뜻하는지 알 것 같았다. 기픔은 아파도 꾹 참고 있었던 것이다. 신음 한번 내지 않은 기픔을 생각하자, 시험 도우미를 바꾸려고 했던 나 자신이 부끄러웠다.

"죄송해요. 도우미를 바꾸고 싶다는 제 말은 잊어 주세요."

나는 야이보보에게 머리 숙여 사과했다. 야이보보는 한 손으로 내 머리를 쓰다듬어 주었다.

나는 야이보보를 배웅하기 위해 우주선을 놓아두었다는 공원으로 함께 갔다.

야이보보 얼굴을 보기가 민망해서 조용히 뒤따라 걸었다. 야이보보는 고맙게도 그런 나를 모른 척해 주었다.

그런데 갑자기 야이보보가 소리치며 달려갔다.

"이게 다 무슨 일이야?"

우주선 에코백이 벤치 밑에 널브러져 푸, 푸 하며 가쁜 숨을 몰아쉬고 있었다.

"왜 그래?"

야이보보가 우주선을 들었다.

"무슨 푸, 일인지 푸, 절대로 푸, 말할 수 없어. 푸. 푸. 나를 제일 좋아하는 지구인의 부탁이야. 푸. 푸."

우주선은 힘겹게 말했다.

"지구인? 기픔이가 부탁했어? 무슨 부탁?"

야이보보가 물었다.

그러나 우주선은 평소 우주선답지 않게 입을 꾹 닫았다.

야이보보는 우주선의 입을 억지로 벌리고, 안에서 푸딩 컵을 꺼냈다.

그제야 우주선은 숨을 크게 내쉬었다.

"후아. 내 안에서 생명들이 죽어 가고 있었어. 나도 같이 죽어 가는 기분이었어."

우주선이 말했다.

"죽어 가는 기분이 아니라 진짜 죽을 수도 있었어."

야이보보는 나에게 푸딩 컵을 내밀었다. 푸딩 컵 안에는 미니 행성이 들어 있었는데, 어딘지 낯설지가 않았다.

"내 미니 행성이잖아요?"

나는 깜짝 놀라 소리쳤다.

나는 얼른 망원 안경을 쓰고 행성을 들여다보았다. 행성인들은 모두 죽은 듯이 누워 있었다. 죽은 듯이가 아니라 진짜 죽었을지도 몰랐다.

"맙소사! 느아도 있었구나."

우주선은 그제야 내가 있는 것을 본 모양이었다.

"맙소사. 내 숨이 멈춰도 기픔이 부탁을 들어주려고 했는데. 미니 행성을 우주에 보내 주라고 한 약속을 지키려고 했단 말이야. 경작 행성 난민들 중에 은혜를 아는 아이는 기픔뿐이야. 야이보보 님, 나는 내가 너무 자랑스러워. 기픔이 제일 좋아하는 우주선은 바로 나였어. 느아, 알고 있었어? 혹시 평소에 기픔이 내 이야기를 하진 않았니? 내가 최고라든가 하……."

우주선은 계속 말을 이어 갔지만, 나는 끝까지 듣지 않았다. 미니 지구를 살리기 위해 전속력으로 시험실로 달려가야 했기 때문이다.

시험실에 도착하자마자 푸딩 컵에 담긴 미니 지구를 꺼내 시험대에 다시 올려 두었다. 23.5도로 자전축 기울기를 맞춰 주는 것도 잊지 않았다. 물을 뿌려 주고 산소도 공급해 주었다. 행성인들이 조금씩 생기를 되찾는 모습에 안도했다.

"도우미를 교환하고 싶니? 나는 원래 도우미 교환에 반대하지만, 이번 경우는 특별하니까 교환을 승인해 줄게. 하마터면 기픔이 네 시험을 망칠 뻔했잖아."

뒤따라온 야이보보가 말했다.

"교환하면 기픔은 어디로 가나요?"

"가긴 어딜 가겠니?"

"시험이 끝나면, 어디로 보내지는 거 아닌가요?"

"보내긴 어디로 보내. 보낼 데가 있어야 보내지."

야이보보는 차분하게 말했다.

"그럼 다시 냉동되나요?"

"한번 해동한 건 다시 냉동할 수 없어."

야이보보는 의미심장한 눈빛으로 나를 보며 힘주어 말했다.

"그럼 평생 여기서 살게 해 주는 건가요?"

콱행성에 사는 경작 행성 난민은 본 적도 없고 그런 이야기를 들은 적도 없지만, 그건 또 그것대로 나쁘지 않겠다고 생각하며 물었다.

내 말에 야이보보는 조금 웃었다.

"귀여운 말을 하는구나. 다정하기도 하지. 하지만 그건 안 돼. 법적으로 금지되어 있어. 다른 일은 내가 알아서 처리할 테니까 너는 도우미를 바꿀지 말지만 결정해."

"만약 이 일을 회사에서 안다면, 저도 난처해지는 걸까요? 관리 소홀이나 뭐 그런 걸로."

"아니. 너와는 전혀 상관없는 일이야. 네가 걱정할 일은 아무것도 없어. 기픔이 문제야."

야이보보는 단호하게 말했다.

바늘에 손가락을 찔릴 때 기픔의 표정이 떠올랐다. 지금 생각하니 눈을 크게 뜨고 입을 꾹 다문 얼굴이 슬퍼 보였던 것 같다. 만약 기픔이 비명을 지르거나 아프다며 울거나 했다면, 나는 절대로 피를 뽑을 수 없었을 것이다.

"만약 내가 도우미를 교환하지 않겠다고 하면, 회사에 기픔의 잘못을 알리지 않을 거죠?"

내가 묻자 야이보보는 고개를 끄덕였다.

"그럼 교환 안 할게요. 오늘 일은 없었던 걸로 해 주세요."

나는 부탁했다.

야이보보는 잠시 복잡한 눈빛으로 나를 바라보더니 이렇게 충고했다.

"경작 행성인에게 동정심이나 선의로 다정을 베푸는 것은 좋아. 하지만 절대로 감정을 공유하지는 마. 종말 설계자와 경작 행성인은 서로 그러지 않는 게 좋아. 시험에 방해될 거야."

야이보보는 콱행성을 떠나기 전에 기픔의 방에 들어가 잠시 이야기를 나누었다.

이제 내가 기픔을 만날 차례다.

"야이보보에게 들었어. 미니 지구도, 우주선도, 전부 나 때문에 죽을 뻔했다며?"

기픔은 방 안을 둥실둥실 떠다니며 말했다. 내 얼굴에 물이 몇 방울 떨어졌다. 기픔의 눈에서 떨어진 것이다. 이게 바로 경작 행성사 수업에서 배운 '지구인의 눈물'이라는 것이겠지. 콱행성인의 울음은 소리만 나는데, 지구인의 울음은 소리와 함께 눈물도 난다고 한다.

"맞아. 우주에 가도 미니 지구는 살아남지 못했을 거야. 모든 조건이 완벽한 시험구 안에 있어야만 해."

나는 벨트에 고리를 추가하며 말했다.

"시험 날에 종말시키지 않아도 미니 지구는 계속 살 수 없어. 수명이 정해져 있으니까. 우리가 할 수 있는 일은 최대한 다정한 종말을 설계해 주는 거야. 에너지가 많이 수확되어야 미니 지구는 행성 씨앗이 돼서 다시 반복할 수 있어. 그렇지만 에너지가 부족한 채로 종말하면 완벽하게 사라져. 씨앗마저 얻을 수 없어. 영원히 끝이야."

나는 고리 3개를 더 끼워 넣었다. 그제야 기픔의 두 발이 바닥에 닿았다.

"종말 이후에도 삶이 계속해서 반복된다는 게 큰 위안이 되지 않니?"

내가 덧붙여 말했다.

"전혀. 조금도."

기픔이 대답했다.

이 대답은 내 마음에 들지 않았다. 기픔은 나에게 사과조차 하지 않았는데, 이것도 내 마음에 들지 않았다.

이때부터 기픔과 나는 서먹해져 버렸다.

차실에 갈 때도 우리는 벨트가 늘어나는 길이만큼 떨어져서 걸었다.

그날 아침에도 그랬다.

내가 앞서 걸어가고 있었는데, 허리에서 이상한 묵직함이 느껴졌다. 갑자기 벨트가 무거워져서 걸을 수가 없었다. 뒤를 돌아보니 놀라운 광경이 나를 기다리고 있었다.

우주 기생충이 에너지를 흡입하고 있었다. 기생충이 수십여 개의 다리로 기픔의 얼굴을 꼭 붙들고 뺨을 핥아 대고 있었다. 기픔은 기절한 듯 보였다. 기픔의 얼굴보다 큰 기생충의 혓바닥은 길고 미끄덩했다. 기생충이 핥을 때마다 약한 불꽃을 동반한 정전기가 생기면서 기픔의 볼이 점점 쪼그라들었다. 산 채로 에너지를 흡입하는 건 불법인데, 배가 많이 고픈 모양이었다.

나는 얼른 달려가 기생충의 몸을 잡고 떼어 내려 했지만 꿈쩍도 하지 않았다. 기생충은 눈을 희번덕거리며 나를 쳐다보았다. 나는 있는 힘껏 기생충의 뒤통수를 쳤다.

그러자 목 뒤가 1센티미터 정도 찢어지는가 싶더니 콩나물 대가리처럼 생긴 것이 튀어나왔다. 기생충은 콩나물 대가리를 앞뒤로 마구 흔들어 대는가 싶더니 부글렁부글렁 하는 물이 끓는 듯한 소리를 내며 몸을 부풀렸다. 몸이 점점 더 커지고 피부가 늘어나 몸속 에너지가 밖에서 보일 정도로 투명해졌다.

나는 기픔의 피를 뺄 때 쓰는 날카로운 바늘을 꺼내 우주 기생충을 콕 찔렀다. 바늘로 찌른 곳에 구멍이 생겼고, 풍선에서 바람이 빠져나가듯 기생충의 몸속 에너지가 빠져나가기 시작했다. 그러자 금세 기생충 껍질만 남았다.

에너지는 다시 기픔에게 들어갔다. 기픔은 크게 숨을 몰아쉬며 깨어났다.

나는 뭉그러지고 늘어진 기생충 껍질을 곱게 접어서 남은 소금빵을 담으려고 가져온 지퍼백 안에 쑤셔 넣었다. 그런 다음 지퍼백 귀퉁이를 조금 열어서 입으로 안의 공기를 다 빼고 진공 상태를 만들었다. 그러는 동안 기픔은 놀란 눈으로 나를 보고만 있었다.

이날 이후로 기픔은 밤에도 몇 번이고 일어나서 미니 지구를 돌봐 주는 것 같았다.

손가락을 바늘로 너무 많이 찔러 대서 구멍이 날 것 같았다. 기픔의 손끝이 점점 더 붉게 멍들어 갔다. 이제 나에게는 기픔의 멍도, 아픔을 참는 기픔의 표정도 너무 크게 잘 보였다. 들리지 않는 비명까지 너무 잘 들렸다.

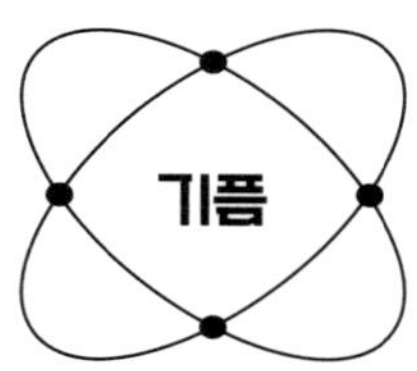

밖에서 부스럭대는 소리가 들렸다. 소리의 장본인과 마주치고 싶지 않아서 조금 기다렸다가 문을 살짝 열었다. 역시나 문 뒤에는 소금차를 담은 보라색 텀블러가 놓여 있었다.

우주 기생충에게서 나를 구해 준 날, 느아는 자신의 벨트를 만지작거리며 말했다.

"내가 이유가 되어 주면 안 될까? 핑계라도 좋아. 네가 이 땅에 발을 디디고 살아갈 이유가 되어 주고 싶어."

"그때 내가 네 시험을 망칠 뻔했다고 야이보보가 많이 혼냈어. 그리고 네 덕분에 벌받지 않아도 된다고도 했어. 고마워. 그때도, 지금도."

내가 말했다.

"당연히 구해 주지. 우리는 적이 아니야. 같은 편이야. 이렇게 연결되어 있잖아.”

느아는 벨트를 흔들며 말했다.

“너무 늦었지만, 그땐 미안했어.”

나는 고개 숙여 사과했다.

“괜찮아. 앞으로 잘 지내자. 그런데 그때 말이야, 여기서 도망치면 어디로 가려고 했어?”

느아가 물었다. 나는 우주선에게 들었던 경작 행성 난민들이 모여 산다는 행성 이야기를 해 주었다.

“반드시 그곳을 찾았으면 좋겠다. 시험이 끝나면 나도 찾는 걸 도와주고 싶어.”

느아는 내 두 손을 붙잡고 말했다.

“그래. 그런데 말이야, 저번에 네 우주신 이름이 뭐라고 했지?”

나는 슬그머니 손을 빼며 물었다.

“하아다부다. 그 권세는 끝이 없어.”

느아는 하늘을 향해 두 손을 흔들어 우주신에게 기도했다.

“하아다부다. 그 신이 지구인의 소원도 들어주실까?”

“경작 행성인의 소원은 모르겠어. 경작 행성인의 신은 따로 있지 않을까?”

느아는 의아해하며 물었다.

“있을지도 모르지만, 기억이 나질 않아. 하지만 있었어도 아무

것도 할 수 없는 무능력한 신이었을 거야. 지구가 종말하는데도 지켜보고만 있었으니까."

"어떤 소원인지 알려 줘. 내가 내 소원이라고 하면서 대신 기도해 줄게."

느아가 눈을 반짝이며 말했다.

"아니. 내 기도니까 내가 하고 싶어. 우주신의 자비를 믿어 볼 거야. 자비로운 신이라면 내 기도를 들어주시겠지."

이렇게 말하고 나서 나는 한참 동안 하늘을 향해 두 손을 흔들었다.

소금차를 찻잔에 가득 따랐다. 내 슬픔도 이렇게 찰랑찰랑 넘치기 직전이다. 차라리 거세게 흔들려서 슬픔을 모조리 쏟아 버리고 싶다.

지구에 관한 기억이 선명해질수록 슬프기만 했다. 이렇게 슬프기만 할 거면, 왜 기억나는 걸까?

지구의 마지막 순간이 기억난다. 지구의 종말은 전적으로 종말 설계자 탓만은 아니었다.

종말 회사의 개입이 없었어도 지구는 스스로 파멸했을 것이다. 종말 설계자가 없었어도 지구는 어차피 망했을 것이다. 어쩌면 꾸준히 반복할 수 있는 다정한 종말을 주는 것을 고마워해야 하는 걸까? 종말 설계자의 종말이 어쩌면 구원이었을까?

그때 지구는 세 편으로 갈라져 전쟁을 하고 있었다. 사실 전쟁 전에도 이미 지구는 끝장나 있는 상태였다. 지구인들은 엉망으로 살면서 지구를 망쳤다. 몹시 덥거나 몹시 추웠다. 비가 계속 오거나 아예 오지 않았다. 모든 것이 극단적이었다. 식량은 부족했고 사람들은 사나워졌다.

지구의 마지막 날은 우리 도시에 드론 폭탄 투하가 예고된 날이었다. 적국은 폭탄 투하일과 장소를 항상 정확히 알려 주었다. 고마운 일인지 아닌지 알 수 없었다. 우리 편도 그들에게 똑같이 해 주었다. 그곳에도 나와 같은 아이들이 많을 것이다.

아빠가 마지막 남은 이불을 침대 위에 얹고 침대 밑으로 들어왔다. 그리고 라디오를 가슴에 껴안고 있는 엄마에게 물었다.

"무슨 새로운 소식 좀 나왔어? 폭탄 드론을 회수하는 협정을 극적으로 타결했다거나."

"아니. 전혀. 안전한 곳에 숨어 있으라고만 하고 있어."

"이거 이러면 다 함께 죽자는 거지."

"차라리 한꺼번에 망하는 게 낫겠다. 누가 단번에 끝장내 줬으면 좋겠어."

엄마와 아빠는 라디오에 귀를 기울이며 말했다.

침대 위는 우리 집에 있는 모든 담요와 이불과 베개, 쿠션으로 덮여 있다. 이렇게 하면 핵폭탄이 터져도 살아남을 수 있을까? 나는 무섭고 두렵기만 했다. 엄마와 아빠는 폭탄이 떨어져도 별일 없을 거라는 거짓말로 나를 안심시켰다.

"엄마가 그동안 이불을 그렇게나 많이 사 모은 이유가 오늘에야 밝혀졌단다."

아빠는 농담까지 하면서 여유 있는 척했다.

그러나 라디오에서 핵폭탄이라는 단어가 튀어나오자, 그동안 애써 담담한 척하던 엄마와 아빠는 무너져 내렸다.

"뭘 보냈다고? 지금 내가 제대로 듣고 있는 게 확실한 거야?"

아빠가 분노하며 소리쳤다.

엄마는 엉엉 소리 내며 울었다. 나도 엄마를 안고 울었다.

나는 똑똑하게 기억한다. 지구 마지막 날의 그 고통과 그 신음과 그 비명은 종말 설계자가 준 것이 아니라 지구인이 자초한 것이다.

그런데 드론 핵폭탄으로 모든 것이 끝나려는 그 순간, 이상한 일이 일어났다.

두려움에 떨던 마음이 갑자기 평온해졌다. 죽는 것이 두렵지 않았다. 알 수 없는 희망이 넘쳤다. 엄마 아빠도 나와 같은 기분인 듯했다.

라디오의 여자도 그런 느낌을 받은 모양이었다.

“모든 것이 잘될 거예요. 여러분, 사랑해요.”

우리는 침대 밑을 빠져나와 집 밖으로 나갔다.

많은 사람들이 벌써 거리에 나와 있었다. 모두 환하게 웃고 있었다.

엄마와 아빠 그리고 나는 서로의 손을 잡았다.

옆집 아저씨가 아빠의 손을 잡았다. 평소 인사도 나누지 않는 사이였다. 모르는 아주머니가 엄마 손을 잡았다. 둘러보니 다들 손을 잡고 있었다. 뭔가 아주 즐거운 일이 일어날 것 같은 분위기였다.

우리는 손에 손을 잡고 하늘을 올려다보았다.

저쪽 하늘 끝에는 얼핏 철새 떼처럼 보이는 수십여 대의 드론이 떠 있었다. 마치 신의 명령이라도 들은 것처럼 움직이지 않고 제자리에서 꼼짝 못 하고 있었다.

바로 그때, 찬란한 빛이 우리를 감싸 안았다. 솜사탕처럼 달콤하고 부드러운 빛이었다.

그리고 최고의 행복을 느낀 그 순간, 나는 지구 밖으로 튕겨 나갔다.

지금 생각해 보면 핵폭탄 드론이 터지기 전에 종말 설계자가 지구를 종말시켜 버린 것 같다. 종말 설계자가 아니었다면 지구는 재생 불가능한 자기 파괴적인 종말을 맞이했을 것이다.

그러고는 우주에서 영원히 사라져 버렸겠지.

느아는 지구인에 관해 교과서에 나온 설명을 읽어 주며 이렇게 덧붙였다.

"모든 사람은 자기 자신을 구할 힘 정도는 지니고 태어나야 하는데, 너희 지구인들은 그게 불가능해. 나는 너희의 불가능함에 슬픔을 느껴."

나는 식어서 차가워진 소금차를 입에 털어 넣으며 결심했다. 느아가 시험을 통과해서 종말 설계자가 될 수 있게 도울 것이다. 그리고 시험 도우미 일을 무사히 마친 후에는 경작 행성 난민들이 산다는 행성으로 갈 것이다. 비록 41번째 지구인들은 제대로 살지 못했지만, 나는 새롭게 주어진 삶을 제대로 살고 싶어졌다. 그들과는 다를 것이다.

6장

가짜 다정과
가짜 울음

경작 행성은 둥글고, 둥근 것은 끊임없는 순환을 의미한다.
경작 행성은 탄생부터 종말까지를 차근차근 그리고 고스란히 반복
을 반복한다.

행성인도 물론 순환의 일부이고, 행성인 개개인의 영혼도 반복된
다. 행성인의 육체와 영혼은 몇 번이고 태어나고 죽고를 반복해 왔고,
이건 다른 동물들의 영혼들과 식물들의 영혼들도 마찬가지다.

『다정한 종말을 위한 안내서』의
'경작 행성의 반복과 순환'에서

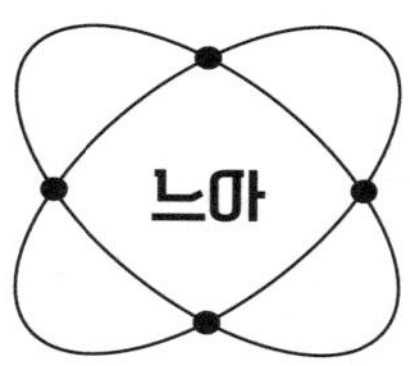

행성 28일. 방금 최종 시험 과제를 받아 보았습니다. 그런데 그 과제에는 문제가 매우 많습니다. 누구든 이 보고서를 보고 계신 분은 제가 제기한 이 문제에 신속히 답변해 주시기 바랍니다.

「느아의 시험 보고서」

내일은 그동안 정성껏 경작한 미니 지구를 수확하는 날이다.

"자신의 종말은 자신의 힘으로."

나는 흐트러진 마음을 다잡기 위해 다시 한번 종말 설계자 선언을 중얼거렸다.

어제 회사에서 우주 우편으로 보낸 최종 과제는 완전히 뜻밖이었다.

푸른색 봉투 겉면에는 다음과 같은 안내문이 적혀 있었다. 안내문이라기보다는 경고문에 가까웠다.

다음으로 봉투에서 튀어나온 시험 과제는 너무나 충격적이었다. 회사에서도 그걸 알았는지 마침표 대신 느낌표를 찍었다. 금박 종이에 남색 글자로 다음과 같이 쓰여 있었다.

최종 과제: 종말 도우미를 종말시킨다!

오늘 티타임에는 오호의 제안대로 예비 종말 설계자들만 발코니로 나가 차를 마시기로 했다. 오호는 발코니 문이 제대로 닫혔는지 확인했다. 통역기를 끄는 것도 잊지 않았다.

"미니 행성을 위한 다정한 종말을 설계해서 에너지를 수확하는 것이 최종 시험인 줄 알았어."

나는 말했다.

시험 과제를 받아 보고 나서야 깨달았다. 왜 지금까지 한 번도 경작 행성 난민을 만난 적이 없었는지 말이다. 해동된 난민들은 모두 시험 도우미를 마치고 나서 종말당했던 것이다.

"수확 에너지 양도 최종 점수에 포함되는 모양이야. 사촌 언니의 친구의 고모의 친구가 그렇게 말했대."

오호가 말했다. 오호는 차를 마시며 계속 말했다.

"참, 너희들 도우미에게 절대 들키지 마. 시험 도우미가 알면 안 돼. 두려움은 다정함 수치를 낮출 수 있으니까 말이야."

"내 금성인은 절대로 종말시킬 수 없는데."

군치가 말했다.

"오~호, 네 금성인 이름은 알고?"

오호는 군치가 귀엽다는 듯이 쳐다보며 말했다.

"이름? 모르는데? 모르면, 그게 어떤데? 이름 몰라도 죽이고 싶진 않은데. 이름 모르면 다 죽여야 하는 건데? 그래야 된다는 법이라도 있는 건데? 어떻게 그럴 수 있는 건데?"

흥분해서 얼굴이 새빨개진 군치가 소리쳤다.

"저런. 무시하기는 해도 죽이지는 못하는 거야? 오~호, 연구해 보고 싶어지는데."

오호가 군치의 말투를 흉내 내며 말하고 웃었다.

"너는 죽일 수 있는데?"

군치는 놀란 눈으로 오호를 보았다.

오호는 한쪽 눈을 찡긋하며 고개를 한 번 살짝 끄덕이더니 말했다.

"네가 시험을 포기하겠다고 하면 어떤 일이 벌어지는지 알아? 이건 진짜 비밀인데, 네가 보는 앞에서 시험 감독관이 미니 행성을 손으로 으깨 버릴 거래. 다른 행성에 사는 친구의 이모의 친구의 사촌이 말해 줬어. 사촌은 지금 유명한 종말 설계자래."

오호는 눈을 반짝이며 숨소리처럼 작게 말했다.

종말 설계자 졸업 시험에 관한 모든 일은 반드시 비밀이다. 비밀 서약을 어기면, 시험에 통과해도 종말 설계자가 될 수 없다.

"종말 도우미는? 도우미도 으깨 버렸대?"

군치는 거의 울듯이 말했다.

"설마 그럴 리가 있니? 으깨진 않고 데리고 가겠지?"

"어디로?"

내가 물었다.

"그건 나도 모르겠어."

"시험이 끝나면, 경작 행성 난민들이 모여 산다는 행성으로 보내 주면 좋을 텐데."

나는 말했다.

"그 얘기는 나도 들은 적 있어. 다른 행성에 사는 삼촌의 아랫 집에 사는 여자애의 친구의 삼촌이 그런 걸 본 적 있대. 우주선들 사이를 떠돌고 있는 그 행성은 죽은 경작 행성 난민들의 영혼이 모이는 곳이래.”

오호가 쿠키를 한 입 아작 깨물며 말했다. 바삭한 쿠키에서 경쾌한 파열음이 났다.

“죽은 난민들의 영혼? 내 금성인도 종말하면 거기로 가는 건데? 아. 아. 그럴 순 없는데. 금성인 머리카락, 머리카락 말인데. 자꾸 머리카락으로 내 얼굴을 감싸서 짜증 나게 했는데. 나를 놀리는 건 줄 알았는데, 『경작 행성사』를 찾아보니 그게 아니라는데. 금성인들의 애정 표현이라는데. 귀여운 동생이나 반려동물에게만 해 주는 거라는데.”

군치는 슬픔을 억누르지 못하고 엉엉 소리 내며 울었다.

“경작 행성인 따위에게서 그런 취급 받은 게 분해서 우는 거야?”

오호가 물었다.

“아닌데. 나를 귀여워해 줘서 감격해서 흘리는 눈물인데.”

군치는 계속 울었다.

“오호, 군치 놀리는 거 그만둬.”

나는 담담하게 말했지만, 내 마음도 군치처럼 울고 있었다. 그렇지만 오호 앞에서 눈물을 보여 놀림받고 싶지는 않았다.

나는 오호와 군치 몰래 내 몫의 소금쿠키를 챙겨 주머니에 넣었다. 나는 쿠키를 무척 좋아한다. 오호가 쿠키를 조금씩 베어 먹을 때마다 나도 모르게 침이 나왔다.

하지만 꾹 참고 먹지 않았다. 기픔에게 이 쿠키를 먹여 주고 싶었다. 기픔에게 듣기로, 도우미들 테이블에는 쿠키가 한 번도 나오지 않았다고 한다. 소금 알갱이를 달콤한 시럽으로 코팅해서 만든 이 특별한 쿠키는 먹는 사람까지 특별하게 만들어 준다.

얼마 전까지 기픔은 차만 마시면 울었다. 지구에서 지내던 때의 기억이 선명하게 떠오른다고 했다. 그렇게 괴롭다면 차를 그만 마시라고 충고해도 기픔은 너무 맛있어서 참을 수가 없다고 했다.

그러던 기픔이 달라졌다. 이제 차를 마시고 나면 생기가 넘쳤다. 새로운 희망을 다지는 것처럼 보였다. 어떤 희망을 다지는지는 물어보지 않았다. 희망이 무엇이든 관계없이 그 희망은 이루어지지 않으리라는 우울한 예감 때문이었다.

밤에는 기픔과 함께 영화를 보며 챙겨 온 쿠키를 나눠 먹었다. 기픔은 두 손으로 쿠키를 꼭 쥐고 아주 조금씩 베어 먹었다. 달콤하고 짭짤한 쿠키의 맛에 반해 버린 듯 무심코 감탄사를 내뱉기도 했다.

요즘 기픔은 종말 설계자에 관심이 부쩍 많아졌다. 그래서 종말 설계자가 주인공으로 나오는 영화 보는 것을 좋아했다. 오랜 시간 동안 영화를 보다 보니 등이 뻐근해져서 몸을 조금 뒤척였다. 그때 기픔이 안고 있던 쿠션을 내 등 뒤에 툭 던져 넣었다.

"왜 던졌어?"

내가 물었다.

"그냥. 불편해서."

기픔은 무심하게 말했다.

자기가 불편한데 왜 나한테 쿠션을 던지는지 이해가 가질 않았다. 그런데 등에 쿠션을 대자 등이 아까보다 한결 편해졌다. 훈훈하고 부드러운 빛이 내 등을 어루만지는 듯한 기분이 들었다.

실은 아까 티타임을 마치고 집으로 돌아와서 야이보보와 영상 통화를 했다. 시험 과제와 관련해 물어볼 것이 많았다.

"최종 종말 설계 시험의 진짜 시험은 미니 행성의 종말이 아니라 도우미의 종말이야. 그동안 함께 생활하면서 도우미를 얼마나 다정하게 대했고, 또 도우미의 종말을 얼마나 다정하게 설계해 주느냐에 따라 종말 때 도우미에게서 나오는 에너지의 양이 달라진단다. 응시자들은 종종 오해하곤 해. 미니 행성만 다정하게 대해 줘야 하는 것으로 말이야. 회사에서 설계자의 가장 큰 조건을 '다정함'으로 여긴다는 건 이미 알고 있지?"

야이보보가 말했다.

"콱행성의 인권 센터에서 이런 일을 찬성할 리 없어요. 인권 센터에 제보할 거예요."

"그래서 안내문에도 적혀 있잖아. '이 시험 과제의 적용 여부는 현지 인권 법규 요건에 따라 변동될 수 없습니다.'라고. 우주 인권 센터에서는 승인했어. 콱행성법보다는 우주법이 우선이야."

야이보보는 어깨를 으쓱하며 말했다.

"기픔의 운명을 다 알면서 왜 '기쁜 슬픔'이라는 이름을 붙여 줬어요? 기픔에겐 기쁜 일이라곤 하나도 없잖아요?"

나는 슬퍼졌다.

"기픔의 슬픈 운명을 알고 있었기 때문에 '기쁜 슬픔'이라는 이름을 준 거야."

"그러니까요. 기쁘다고 하셨잖아요."

"저런! 단단히 오해했구나. 기쁜 게 아니라 깊다고."

야이보보는 행성어 사전을 펴서 보여 주었다.

사전에는 다음과 같이 쓰여 있었다.

깊은: 수준이 높거나 정도가 심하다.

"깊은 슬픔. 수준이 높고 정도가 심한 슬픔."

영화에 집중한 기픔의 옆얼굴을 보며 나는 중얼거렸다.

기픔이 자기 이름의 뜻을 알게 된다면 어떤 표정을 지을까?

"응? 방금 뭐라고 했어?"

기픔이 모니터에서 눈을 떼지 않고 물었다.

"아무것도 아니야. 종말 이야기가 재미있니?"

"난 이제 알았어. 종말의 에너지는 새로운 탄생의 에너지로 거듭나는 거지? 그래서 지구가 계속되는 거고."

웃는 기픔의 얼굴에서 환한 빛이 났다. 모니터에서 나오는 빛인지, 기픔의 기쁨에서 나오는 빛인지는 구분할 수 없었다.

"미니 행성의 수명은 거의 최종 시험 날짜에 맞춰 있어. 시험 때 종말시키지 않아도 얼마 지나지 않아 종말할 거야. 의미 없는 종말이지. 에너지 낭비야. 지난번 내 행동은 너무 어리석었어. 다시 한번 사과할게. 미안해."

기픔이 말했다.

그런데 지금 보니 기픔의 얼굴이 평소보다 창백했다. 눈 밑이 검어지고 힘이 없어졌다.

"또 나 몰래 피를 더 뿌려 줬구나?"

기픔은 내 말에 고개를 끄덕였다.

나는 기픔이 비명을 지르지 않아서 바늘로 손을 찌르고 피를 빼는 것이 해롭지 않다고 오해한 적이 있다. 그러나 이제는 안다. 기픔이 아파도 꾹 참고 있었다는 것을 말이다.

상대방이 무안할까 봐 아프다고 말하지 않는 기픔의 행동은 진짜 다정이었다.

오호는 자신의 다정을 자랑하듯이 말했었다.

"나는 경작 행성인들에게 조물주의 다정을 내려 줬어. 그리고 내가 할 수 있는 최대한 다정한 눈빛으로 화성인을 바라봐 주었고. 더할 나위 없는 다정이었지."

그러나 지난번에 기픔이 말했듯이 점수를 잘 받기 위한 다정은 전부 다 가짜 다정이다.

가짜 다정은 금세 들통이 나게 마련이다. 미니 행성인이라도 가짜 다정과 진짜 다정은 구분할 수 있을 것이다.

영화가 끝나자 기픔이 말했다.

"밤 산책 어때?"

기픔의 두 발은 완전히 땅에 붙어 있다. 나는 안심하고 기픔의 벨트를 풀어 주었다. 이제 무거운 고리는 필요 없었다.

우리는 해변을 걸었다.

달콤한 잠에 빠진 바다소들은 우리를 신경 쓰지 않았다.

걸을 때마다 발가락 사이로 부드러운 모래가 빠져나왔다.

기픔은 하늘을 향해 손을 흔들며 우주신에게 기도했다. 나는 기픔이 경작 행성 난민들이 모이는 행성에서 지구인을 만나게 해 달라고 기도한다는 걸 알게 되었다. 그러나 우주신이 그 기도를 들어줄 리 없다는 것도 알고 있다.

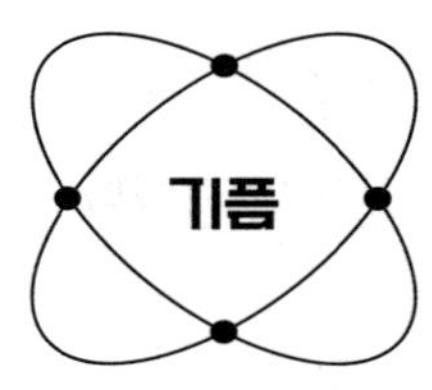

이상해. 분명 뭐가 있어.

느아가 평소와 다르게 이상해진 건 최종 시험 과제를 받고부터였다. 처음 보는 야릇한 표정이었다. 안 좋은 일이 벌어지고 있는 게 틀림없었다. 내가 아는 느아는 뒤로 감춰 둔 마음 같은 게 없었다. 나와는 달랐다. 그런데 오늘은 이상하고 또 이상했다.

얼마나 이상했냐 하면, 오늘 티타임에 나를 데려가지 않으려고 할 정도로 이상했다. 밖에 나가지 말라고 했다. 그렇지만 나는 싫다고 대꾸했다. 이제야 겨우 벨트 없이 콱행성을 자유로이 다닐 수 있게 되었다. 시험이 끝나면 바로 콱행성을 떠날지도 모르니 그때까지 마음껏 돌아다니고 싶었다.

티타임에도 계속 이상하게 굴었다. 느아와 오호 그리고 군치는 발코니로 나가서 문을 닫고 통역기를 끄고 자기들끼리만 아는 언어로 이야기했다. 닫힌 문틈으로 그들의 말소리가 새가 지저귀는 소리처럼 들려왔다.

나는 금과 쿵훙과 마주 앉아 소금차를 마시고 커다란 빵을 나눠 먹었다.

"군치 귀여워."

금이 말했다.

"귀여워? 싫어하는 거 아니었어?"

나는 놀라서 물었다.

쿵훙도 놀랐는지 붉은 눈을 더 크게 뜨고 금을 바라보았다.

"귀여워. 특히 저 구불거리는 곱슬머리가 집에서 키우던 강아지를 생각나게 해. 군치가 제일 귀여울 때는 발끈하고 화낼 때야. 먹이를 많이 주지 않을 때 우리 강아지도 딱 그렇게 두 귀를 쫑긋 세우고 쫑알쫑알 투덜거렸어."

금이 해맑게 웃으며 계속 말했다.

"그래서 군치가 귀여워. 귀여우니까. 내일 어떤 일이 일어나더라도 절대로 군치를 원망하지 않을 거야."

금은 갑자기 정색하며 말했다.

"내일 무슨 일이 일어나는데? 시험 보는 거 말고 다른 일이 더 있어?"

내가 물었다.

금은 대답 대신 자기 얼굴을 물빛 머리카락으로 감쌌고, 쿵흥은 시무룩한 표정으로 금의 어깨에 기댔다.

정말 이상해. 오늘은 나만 빼고 모두 이상했다.

티타임을 마치고 집으로 돌아온 느아는 종말 설계 카드 두 장을 앞에 놓고 고심했다.

'누구든지 2명' 카드와 '행복한 꿈' 카드다.

나는 '행복한 꿈' 카드를 집어 들었다. 이 카드는 행성인들을 모두 잠들게 해서 행복한 꿈을 꾸게 한 뒤, 그 틈을 타서 종말시키는 카드다.

"나는 무조건 이 카드를 추천해. 좋은 꿈 꿀 때는 모두 다정한 마음을 품고 있잖아. 네가 원하는 다정한 에너지가 많이 나올 거야."

내가 말했다.

"흠. 좋은데, 무난해. 시시하기도 하고. 나중에 좋은 종말 설계자가 돼서 예비 설계자들을 위해 강연 갔을 때, 당신의 졸업 시험 종말 설계는 무엇이었냐고 누가 물어볼 거 아니야? 그때 '행복한 꿈'이었다고 말하면, 지나치게 소극적인 종말 설계자로 보일 것 같아. 난 이걸로 결정했어."

느아는 '누구든지 2명' 카드를 집어 들었다.

"'누구든지 2명'은 너무 잔인해. 내가 나를 죽이는 거잖아?"

"처음 보는 사람한테 죽는 것보다는 자기 자신한테 죽는 편이 더 친근감 있고 좋지 않아? 마지막으로 자기 자신한테 하고 싶은 말도 있을 테고 말이야. 그동안 자기 자신이라서 차마 하지 못했던 충고나 비난 같은 것도 하고. 그동안 잘 못 살아왔으니 다시 태어나면 그렇게 살지 말라는 말을 해 줄 수 있다면, 자기 자신의 다음 생에 큰 도움이 될 거야."

"아니. 전혀. 죽어 가는 자기 자신을 지켜보는 자기 자신의 마음도 한번 생각해 봐."

"아. 뭐. 듣고 보니 네 말이 맞네. 나는 그런 식으로는 전혀 생각하지 못했어. 역시 나는 종말 설계자의 자질이 심각하게 부족한 것 같아. 모르겠다. 그냥 이대로 모든 걸 포기하고 싶네."

느아는 이렇게 말하고 벌떡 일어나서 자기 방으로 들어가 버렸다. 잘 자라는 인사를 하지 않은 건 이번이 처음이었다. 밤에 내 방 앞에 소금차를 가져다 두지도 않았다.

7장

다정은
모든 감정을
이긴다

마음은 물질이다.

고통, 불안, 걱정, 두려움에 의해서 마음의 무게가 증가한다.

마음이 무거워지고, 마음이 가라앉는다.

기쁨, 행복, 즐거움에는 마음의 무게가 덜어진다.

마음이 놓이고, 마음이 가벼워진다.

기픔의 진실을 알고 난 뒤 내 마음은 무거운 돌처럼 무거워졌다.

이대로라면 곧 내 가슴에 커다란 구멍이 뚫리게 될 것이다.

「느아의 시험 보고서」

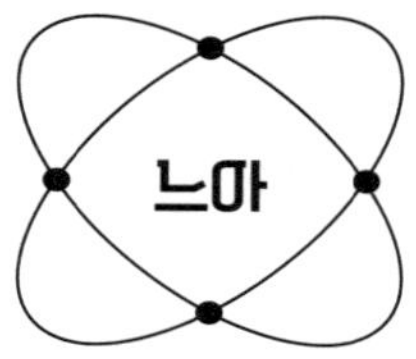

행성 35일. 오늘은 고리를 다 떼어 냈다. 서로의 벨트를 연결해 주는 줄만 남아 있다. 고리를 다 떼어도 종말 도우미 기픔의 두 발은 콱행성에 꼭 붙어 있다.

「느아의 시험 보고서」

시험 날 아침. 시험 감독관이 도착했다는 연락이 왔다.

나는 시험구에서 미니 행성을 조심스럽게 꺼내 차실로 갔다. 기픔은 나를 따라왔다. 기픔과 나는 허리 벨트에 달린 끈으로 연결되어 있다. 이제 기픔에겐 무게를 맞춰 주는 고리가 필요 없지만, 우리 둘은 습관처럼 벨트를 차고 다녔다.

차 테이블과 의자들이 모조리 싹 치워진 차실에는 원통형 유리관 6개가 설치되어 있었는데, 긴 유리관의 끝은 에너지 흡입기에 연결되었다. 흡입기가 빨아들인 종말 에너지를 측정해서 최종 점수가 매겨지는 구조다. 점수는 측정기에 바로 표시된다고 했다.

우리는 전부 잔뜩 긴장해서 눈인사조차 나누지 못했다.

시험 감독관이 시험실에 들어왔다. 야이보보다.

"미니 행성을 넣으세요."

시험 감독관 야이보보가 말했다.

우리는 각자 가져온 미니 행성을 유리관 안 행성대에 올려 두었다.

"종말 도우미를 넣으세요."

야이보보는 평소와 달리 굳은 표정으로 말했다.

기쁨과 금성인, 화성인은 유리관에 들어갔다.

시험 도우미들은 서로 등을 맞댄 형태로 서 있어서 서로의 모습을 볼 수 없었다.

"종말 설계판을 펴세요."

야이보보의 말에 일사불란하게 설계판을 폈다.

"설계 카드를 설계판에 꽂으세요. 지금부터는 대화를 나누면 안 됩니다."

야이보보가 경고했다.

하지만 경고할 필요는 없었다. 차실에 들어온 뒤로 우리는 단 한마디도 하지 않았다. 긴장한 숨소리만 가득했다.

"오호, 군치, 느아 순서로 종말을 실행합니다."

야이보보가 오호 옆에 서며 말했다.

"목표 대상을 정확히 설정했는지 확인하세요."

"네, 확인했습니다."

오호는 큰 소리로 대답했다.

"설계한 종말을 설계판에 입력하고 카드를 꽂아 넣으세요."

"네."

"5. 4. 3. 2. 1. 종말 실행."

오호는 실행 버튼을 눌렀다. 1초도 망설이지 않고 도우미를 종말시켜 버렸다.

화성인이 소멸할 때, 주황색과 빨간색이 섞인 에너지가 나와 위로 빨려 들어갔다.

다음은 군치 차례였다.

군치는 야이보보가 준비되었느냐고 물어보기도 전에 먼저 말했다.

"저는 시험을 포기하겠습니다."

"다시 한번 확인하겠습니다. 시험을 포기하겠습니까?"

야이보보가 묻자 군치는 고개를 푹 숙였다.

그러자 야이보보가 군치의 미니 금성을 주머니에 넣고, 금성인을 데리고 밖으로 나갔다.

금성인은 떠나기 전에 잠시 머리카락으로 고개 숙인 군치를 감싸 주었다.

잠시 후 야이보보가 돌아왔다. 금성인을 어디로 보냈는지 물어보고 싶었지만, 그럴 수 없었다.

"목표 대상을 정확히 설정했는지 확인하세요."

"네, 확인했습니다."

나는 설계판을 펼쳐서 종말 목표를 확인했다.

"설계한 종말을 설계판에 입력하고 카드를 꽂아 넣으세요."

"네."

"5. 4. 3. 2. 1. 종말 실행."

나는 누를 수가 없었다.

"종말 실행 버튼을 누르세요."

야이보보가 재차 말했다. 무슨 일이 일어나고 있는지 전혀 모르는 기픔은 시험관 안에서 주먹을 쥐고 손을 흔들어 나를 격려했다. 기픔의 수명은 얼마나 남았을까? 지금 종말하지 않아도 어차피 기픔은 금방 죽게 되는 걸까?

어제 종말 카드를 같이 고르면서 기픔은 내게 물었었다.

“만약 종말 설계자가 안 되면 뭘 할 거야?”

종말 설계자가 되는 것 말고 다른 미래는 생각해 본 적이 없었다. 갑자기 눈꺼풀이 무거워졌다. 기분이 가라앉을 때 나타나는 신체 증상이다.

“기픔, 우주신이 네 기도는 들어주시지 않을 것 같아. 하지만 내 기도는 들어주실 거야.”

나는 기픔에게 소리쳤다.

“그게 무슨 소리야?”

기픔의 목소리가 유리관 안에서 웅웅 울렸다.

“우주신의 자비는 없지만, 우주신의 기적은 있을 거라는 뜻이야.”

“대체 그게 무슨…….”

“야이보보. 미안해요.”

나는 종말 실행 버튼을 눌렀다.

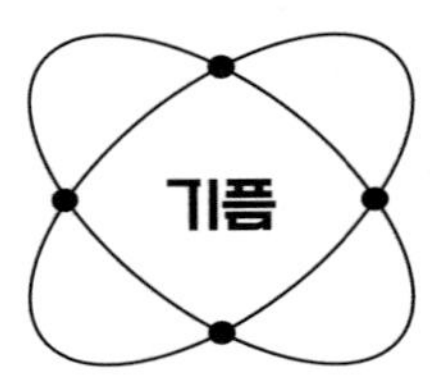

기픔

느아는 종말 설계판의 버튼을 누르고 나서 설계판을 던져 버렸다. 그러고는 시험관을 열어 나를 꺼냈다.

동시에 놀라운 일이 벌어졌다. 야이보보가 두 명이 된 것이다.

"너희 지금 뭐 하는 거야?"

"너희 지금 뭐 하는 거야?"

놀란 야이보보들이 소리쳤다. 느아가 '누구든지 2명' 종말을 실행한 모양이다.

"왜 내 말이 두 번씩 들리는 거야?"

"왜 내 말이 두 번씩 들리는 거야?"

야이보보들은 서로 마주 보았다.

"너 설마."

"너 설마."

야이보보들은 누가 먼저랄 것도 없이 한 팔을 휘둘러 서로의 얼굴을 가격했다.

느아는 종말 목표를 미니 지구가 아닌 야이보보로 설정했던 것이다.

나와 오호 그리고 군치는 이 사태에 놀라서 입을 다물지 못했다.

이상하게 금과 쿵홍은 보이지 않았다.

그리고 느아는 내 손을 잡고 달리기 시작했다.

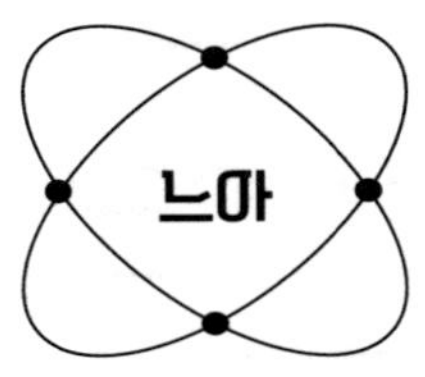

“이게 다 뭐야?”

건물 밖으로 나와서 기픔은 달리는 것을 멈추고 내 손을 뿌리쳤다.

“이게 내 진짜 다정이야.”

나는 기픔에게 말했다.

“혹시 말이야. 설마 시험에서 종말시키려는 대상에 나도 포함되는 거였어? 그래서 쿵홍도 금도 종말당해서 사라진 거고?”

기픔이 놀란 얼굴로 나를 보며 물었다.

“그러니까 도망치자.”

나는 벨트를 풀고 기픔의 손을 잡고 달렸다.

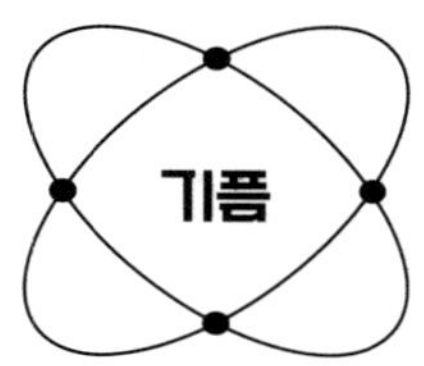

기쁨

우리는 두 발을 땅에 디디고 뛰고 있다.

지금껏 유영하던 두 발을 드디어 땅에 붙이고, 콱행성의 대지를 느낀다.

가다파 항성에 달궈진 모래는 따뜻하고, 바닷바람은 차갑다.

나는 이제야 콱행성에 도착한 기분이 들었다.

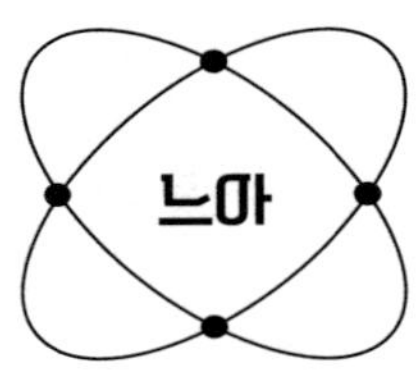

기픔이 이렇게 빨리 달릴 수 있는 줄 몰랐다.

기픔이 이렇게 환하게 웃을 수 있는 줄 몰랐다. 그리고 손이 이렇게 따뜻할 줄도 몰랐다.

결국 나는 내 도우미 기픔을 종말시키지 못했다.

나는 자꾸 웃음이 나왔다.

우리는 바닷가에서 야이보보의 우주선을 던졌다.

아까 열쇠고리로 변신한 우주선을 야이보보 몰래 슬쩍해서 내 주머니에 넣어 두었다.

우리가 올라타자 우주선은 하고 싶은 말이 잔뜩 있는 신음 소리를 냈다. 그렇지만 기특하게도 우주선은 아무것도 묻지 않았다.

우리의 맨발에는 모래가 잔뜩 묻어 있었다. 모래를 털고 우주선에 탈 시간이 없었다. 그렇지만 고맙게도 우주선은 우리를 내쫓지 않았다.

나는 시동 버튼을 눌렀다.

"목적지가 어디야?"

잔뜩 들뜬 우주선이 흥분을 주체하지 못하고 마침내 질문을 했다.

"모험을 떠나는 거야? 여행이야?"

"목적지는 경작 행성 난민이 사는 행성이야."

내가 말했다.

"그 행성은 지도에 없어. 지도에 없는 곳은 목적지가 될 수 없는걸."

우주선은 들뜬 목소리로 말했다.

"좋아. 그럼 어디로든 가자!"

기픔과 나는 동시에 소리쳤다.

부르르, 우주선의 진동과 함께 우리는 출발했다.

느마 이야기

이 이야기의 결말이 쾍행성 소녀와 지구 소녀 그리고 우주선이 난민 행성을 찾아 모험을 떠나는 것이었으면 좋았을 거다. 그러나 불행히도 우리는 이륙하자마자 잡혔다. 야이보보에게는 우주선 리모컨이 있었던 것이다.

"이로써 우주신은 자비 없는 신이라는 사실이 밝혀졌네."

기픔이 야이보보에게 잡혀 가며 말했다.

그러나 기픔의 말은 틀렸다.

우주신은 자비를 넘쳐흐르도록 베푸는 분이셨다.

나도, 종말 설계 회사도 예상 못 한 엄청난 일이 벌어졌다.

우리는 도망치느라 보지 못했지만, 기픔을 종말시키지 않는 데서 나오는 에너지가 굉장했다고 한다. 얼마나 굉장했나 하면, 에너지 등급이 AAA등급이었다고 했다. 이 정도의 고품질 에너지는 졸업 시험에서 한 번도 나온 적이 없다고 했다. 기껏해야 CCC등급이나 CCB등급 정도가 추출되었다고 한다.

군치의 수확 에너지 등급은 나보다 낮았다. 종말을 포기한 것은 나와 같지만, 금성인과 진정한 교감을 이루지는 못해서였다. 군치는 금성인을 미워하는 듯 보였지만, 에너지 등급은 오호보다 높았다. 미움에는 호기심이 포함되어 있기 때문이라고 야이보보가 말했다.

오호의 에너지 등급은 FFF였다. 물론 에너지 양은 우리 셋 중에 가장 많았다.

오호는 시험 도우미에게 무조건적이고 일방적인 다정을 베풀었다. 그러나 실제로 이것은 좋은 감정은 물론이고 나쁜 감정조차 시험 도우미와 공유하고 싶지 않다는 식의 태도에서 나오는 다정이었다. '가짜 다정'이었던 것이다.

역시 경작 행성인과 진정한 다정을 나누는 것보다 더 다정한 것은 없었다. 이렇게 나는 다정한 종말을 완성했고, 최종 시험에서 1등을 할 수 있었다.

종말 설계 회사는 에너지 양보다 에너지 질이 더 중요하다고 말하며, 시험의 잔인함을 인정하고 앞으로 시험 방법을 보완해 나갈 것을 약속했다.

또 우리 일을 알게 된 인권 위원회에서 도우미 제도를 없앨 것을 권유했다고 한다.

오늘 야이보보와 그의 새 우주선이 나를 찾아왔다. 야이보보가 휘파람을 불자, 바로 눈앞에 손톱보다 작은 큐브가 도착했다. 큐브는 착착착 탁탁탁 펼쳐지더니 화사한 분홍과 해맑은 연두색 줄무늬가 있는 매끈한 2인용 우주선으로 변했다. 신형 우주선은 과묵한 스타일이라 나한테 첫인사도 하지 않았다.

"흠, 다정함이 결여된 우주선이네요."

나는 고개를 절레절레 흔들며 말했다.

"우주선에 다정함이 왜 필요하지? 다정해 봤자 결국 주인을 배신하겠지. 안 그래?"

야이보보가 웃으며 말했다.

"지난번 그 일은 죄송했어요."

나는 고개를 푹 숙여 사과했다.

"죄송한 줄 알면 됐어. 자, 받아. 종말 설계자가 된 것 축하해."

야이보보는 우주선 안에서 상자를 꺼내 주었다.

종말 설계판이다!

비록 최하위 버전이긴 해도 종말 설계자에게만 주는 정식 설계판이었다.

드디어 나는 종말 설계가 되었다. 내 첫 번째 임무는 '42번째 지구의 종말'이다.

기쁨 이야기

나는 '기쁜 슬픔'이 무엇인지 알 것 같다.

느아가 시험을 포기하고서 내 손을 잡고 도망친 이유를 알았을 때, 나는 기쁜 슬픔을 느꼈다. 시험 도우미의 종말이 최종 시험 과제였다. 나는 이 사실을 알고 슬픔을 느꼈다. 하지만 느아가 종말 설계자가 되기를 포기하면서까지 나를 살리려 했다는 데에는 기쁨을 느꼈다.

이런 감정이 바로 '기쁜 슬픔'이다. 그리고 이건 '깊은 슬픔'과도 관련이 있다. 내 소중한 친구 쿵홍은 종말했지만, 다시 새 생명으로 돌아올 것이다. 금은 다른 행성에 시험 도우미로 파견되었다고 한다. 이것이 바로 우주신의 기적이다.

우주신의 기적은 이것 말고도 더 있었다. 미니 지구는 자기 수명을 다하고 자연 종말을 했는데, 자연 종말 때 나온 행성 에너지가 엄청났다고 한다.

　나는 수다스럽고 허름한 노란색 우주선과 함께 종말 설계 회사에서 근무하게 되었다. 야이보보는 내게 우주선을 물려주었다. 본래 혈연관계에 있는 행성인에게만 우주선을 물려주는데, 야이보보는 몇십 명의 자녀들 중에서 나를 선택했다. 우주선이 나를 제일 좋아하기 때문이라고 했다.

　회사는 나에게 종말 중인 행성에서 튕겨 나오는 아이들을 구해서 데려오는 일을 맡겼다. 난민들을 발견하고 구출할 때마다 한없는 기쁨과 더할 나위 없는 슬픔을 느낀다.

　지금 나는 튕겨 나온 아이들을 찾아 우주 여기저기를 우주선과 함께 누비고 있다. 이렇게 돌아다니다 보면, 언젠가는 경작 행성 난민들이 모여 산다는 소문의 그 행성을 발견할 수 있을지도 모른다. 우주신 하아다부다의 다정은 끝이 없으니 말이다.

언젠가는 경작 행성 난민들이 모여 산다는
소문의 그 행성을 발견할 수 있을지도 모른다.
우주신 하아다부다의 다정은 끝이 없으니 말이다.

행성에서 튕겨 나오는 아이들을 발견하고 구출할 때마다,
나는 한없는 기쁨과 더할 나위 없는 슬픔을 느낀다.

다정학의 3법칙

연여름(소설가)

1. 다정이라는 오해

소설의 제목을 확인하고 첫 페이지를 읽기에 앞서, 사실 국어 사전을 먼저 열어 보았음을 고백한다. '종말'의 정확한 뜻을 알고 싶었다.

일상적인 대화에서 '종말'은 자주 쓰는 단어가 아닌 데다 '끝'이나 '마지막'보다는 묵직하고 비장한 인상을 풍기기 때문일까. 내 마음속 사전에서 '종말'은 '어떤 세계가 참혹한 멸망에 이르러 돌이킬 수 없는 상태'를 의미했고, 반어법이 아닌 이상 '다정한'이라는 수식어와 손을 잡을 일은 없을 것 같았다.

· 종말[終末] - 계속된 일이나 현상의 맨 끝.

그런데 사전에서 확인한 그 뜻은 내가 앞서 떠올린 이미지와 조금 차이가 있었다. 끝은 끝이지만, 그 풍경이 구체적으로 이러저러하다는 내용은 전혀 담겨 있지 않았다. 참혹과 멸망, 돌이킬 수 없음은 순전히 나의 인과관계이자 선입견이었다. 사전의 짧은 문장을 본 순간, 그동안 내가 종말을 오해하고 있었을지도 모른다는 생각이 들었다.

그렇다면 '다정'은 어떨까. '다정'은 '종말'보다 훨씬 흔히 쓰이면서 가깝게 느껴지는 말인데, 나는 과연 '다정'의 의미를 제대로 이해하고 있었던 걸까. 또다시 궁금해졌으나 이번에는 사전을 한 번 더 찾는 대신 소설을 펼치기로 했다. 왜냐하면 『다정한 종말을 위한 안내서』에 그 답이 상세히 적혀 있을 것 같아서였다.

다행히도 짐작은 맞았다. 먼 우주 어디쯤에서 따사롭게 빛나고 있을 콱행성의 느아와, 지구인이자 종말 도우미 기픔이 함께하는 졸업 시험의 모든 과정이, 바로 다정함에 관한 친절한 연구 보고서였으니까.

느아가 사는 콱행성은 종말 설계자들의 행성이다. 그곳의 종말 설계 회사는 지구를 비롯한 경작 행성들을 주기적으로 "종말시키고, 종말에서 나오는 에너지를 수확"(본문 14쪽)하는 업무를 수행한다. 느아를 비롯한 콱행성의 사람들은 그 에너지를 기반

삼아 제법 풍요롭고 안락한 삶을 누리는 중이다.

학교 졸업반인 느아는 종말 설계자가 되기 위한 졸업 시험을 치르기 위해 종말 도우미인 기픔을 시험 키트와 함께 배송받는다. 기픔은 경작 행성이었던 지구 출신의 난민으로, 느아가 만든 미니 행성을 성장시키기 위해 힘을 보태야만 한다.

돌아갈 곳이 없는 기픔에게는 느아의 곁에 있는 것 외에 다른 선택지가 없다. "지구인들은 몸이 있는 곳에 마음이 있지 않"(본문 21쪽)아서 마치 중력을 잃은 사람처럼 땅에 발을 붙이지 못하고 둥둥 떠다니게 되는데, 기픔이 다름 아닌 그런 신세다. 콱행성인 느아는 마음과 몸이 따로일 수 있다는 개념을 도무지 이해할 수 없고, 지구 난민 기픔은 지구를 불량 행성이라고 멋대로 정의하거나 끔찍한 맛의 소금차를 즐기는 느아를 이해할 수 없다.

그럼에도 느아는 기픔을 다정하게 대하기 위해 무던히 애쓴다. 『다정한 종말을 위한 안내서』에 따르면 콱행성의 종말 설계자는 다정한 종말을 목표로 삼아야 한다는 원칙이 있다. 다정하면 다정할수록 수확되는 에너지의 양도 늘어나기 때문이다. 모든 것이 여유롭고 넉넉한 콱행성에서 살아온 느아에게 다정함이란 밝고 활기찬 기운을 두루 나누는 것이다. 하지만 느아의 그런 의지가 가닿지 않는 모양인지, 기픔의 두 발은 땅을 딛지 못한 채 공중에 계속 떠 있기만 할 뿐이다.

느아는 혼란스럽다. "다정은 초행성적"이고 "좋아하지 않아도 다정할 수 있"(본문 12쪽)다고 책의 첫 페이지에 분명히 쓰여 있고, 같은 시험을 치르는 동급생 오호의 다정은 무척 순조롭게만 보이는데 도대체 뭐가 문제일까. 도저히 '설득 불가능! 이해 불가능!'(본문 63쪽)이라고 생각되는 와중에 느아는 기픔에게 "그런 건 가짜 다정"(본문 65쪽)이라는 지적까지 듣고 만다.

이쯤 되면 느아도 '다정'의 진짜 뜻이 무엇일지 궁금해져서 콱행성어 사전을 당장 열어 보고 싶지 않았을까? 뭔데? '진짜 다정'이란 건 대체 뭔데? 하면서.

2. 다정이라는 무게

'아무도 다치지 않는 인간관계 매뉴얼' 같은 게 존재하면 정말로 좋겠다는 생각을 나는 때때로 하곤 한다. 학교에서 배우는 '사회'나 '도덕' 교과서가 비슷한 역할을 해 주기는 해도, 내가 경험하는 모든 실전에 다 통할 수는 없으니 말이다.

콱행성에도 그런 교과서가 있기는 하다. 가벼운 신체적 접촉과 언어적 표현으로 지구인에게 다정함을 표현하는 방법을 소개하고 있지만…… 사실 우리는 경험적으로 이미 알고 있다. 중요한 실전을 앞두고 글자로만 배우면 그 한계가 명확하다는 것을. 노래, 춤, 그림 그리기를 비롯해 대화의 기술이나 우정을 쌓는 일까지도.

반드시 책 속 글자와 실전의 괴리감 때문만은 아니다. 다정이라는 과제가 애초에 난이도가 높은 까닭도 있다. 특히 군중에 섞여 있을 때보다는 누군가와 일대일 관계일 때, 즉 상대의 마음을 오롯이 내가 책임져야 할 때는 더더욱 어려워진다. 사람들은 흔히 '한 사람은 하나의 우주'라고 표현한다. 내가 잘 알지 못하는 상대방은 존재 자체로 미지의 세계인 셈이다. 나 자신도 나를 다 모르는데, 또 다른 세계 하나를 받아들이고 이해하는 일이라니, 당연하게도 간단할 리가 없잖은가.

소설 『다정한 종말을 위한 안내서』는 느아와 기픔의 입장을 차례로 서술하며, 어쩔 수 없이 함께 있지만 너무나 다른 두 사람의 마음을 생생하게 보여 준다. 일상에서의 우리는 다정을 베풀고자 할 때 나와 상대방의 공통점을 발견하고자 애쓰곤 한다. 나에게 익숙한 것을 상대방도 가지고 있기를 기대하거나, 내가 좋아하는 것을 상대방 역시 좋아할 거라고 믿으면서. 하지만 다정이 교집합을 통해서만 태어나는 것은 아니다. 서로 다른 점,

또는 이제껏 알지 못했던 낯선 점을 마주해야만 통하는 다정도 있다.

이 소설을 파고들다 보면 다정이라고 하지만 정말로 다정일까 되묻고 싶은 장면이 여럿 발견된다. 온화한 태도와 친절한 언어로 그럴듯하게 포장한 무신경함과 이기주의. 배려 없고 부주의함, 때로는 내 상식에 가두어 상대방의 삶을 재단하는 성급함 등. 종말 도우미들과 함께하는 티타임에서 콱행성의 아이들이 기쁨을 향해 "서로를 진짜로 죽이는 그 지구"(본문 36쪽)에서 온 지구인이라고 스스럼없이 말하는 장면에서도 그러한 무심함이 잘 드러난다.

다정함과 잔혹함의 간극은 언뜻 보기에 먼 것 같지만 실은 제법 가까운지도 모른다. 나도 모르는 사이에 그 선을 휙 넘어 버릴 정도로 말이다. 어디에서나 힘 조절은 무척 중요한 법이다. 그렇다면 다정은 대체 어떤 힘으로 작용해야 하는 걸까?

다정함은 체력에서 나온다는 말이 떠오른다. 그 체력을 『다정한 종말을 위한 안내서』식으로 '에너지'라고 바꿔 말해 보고 싶다. 어떤 에너지인가 하면 바로 '너를 조금 더 깊이 알고자 하는 에너지.' 더불어 '나의 일부를 기꺼이 내어 주고자 하는 에너지'. 그 둘을 합친 무게는 결코 가볍지 않다. 적어도 하나의 세계가 두 발을 땅에 단단히 딛게 할 정도의 무게는 될 테니까.

3. 다정이라는 방향

다정이 어려운 이유 또 한 가지는, 베푸는 쪽에서 끝나지 않고 받아들이는 쪽에서 비로소 완성되기 때문일 것이다.

시험 키트의 행성이 점차 성장하고 최종 시험 날짜가 다가올수록, 느아와 기픔은 서로가 어떨 때 기뻐하고 어떨 때 슬퍼하는지를 조금씩 알아 가게 된다. 느아는 기픔을 위해 밤마다 소금차를 끓이고 티타임에 나오는 소금쿠키를 아껴 두었다가 몰래 챙겨 준다. 기픔은 느아가 졸업 시험에서 좋은 결과를 얻을 수 있도록 아픔을 참고 손가락 끝을 찔러 미니 행성에 피를 뿌려놓는다. 그렇게 이제껏 오해했거나 자각하지 못했던 서로를 위한 다정함을 비로소 찬찬히 살피기 시작한다.

다정함은 보통 상대방을 기쁘게 하거나 웃도록 만들겠지만, 그런 유쾌한 모습만이 다정의 진면모를 드러내는 것은 아니다. 어떤 다정은 무척 고요하고 담담해서 그 즉시 알아차리기 어려울 때도 있다. "상대방이 무안할까 봐 아프다고 말하지 않는 기픔의 행동"(본문 122쪽)이 진짜 다정이었다는 것을 느아가 느지막이 깨달았을 때처럼. 철학자 니체는 저서 『차라투스트라는 이렇게 말했다』에서 "고귀한 사람은 타인이 수치심을 느끼지 않도록 배려한다."고 이야기한 바 있다. 그런 종류의 다정함은 소리 없이 잔잔히 흐르는 따스한 공기를 닮았다.

고요한 다정이 지닌 힘은 효과가 나타나는 데 시간이 조금 걸릴지라도 꽤 막강하다. 두 발로 땅을 딛고 서도록 돕는 것은 물론, 힘을 내어 앞으로 뚜벅뚜벅 걸어 나가게도 하니 말이다. 느아의 말마따나 "사람은 미워하는 사람을 닮아 가기 마련이라 지구인들은 전부 나쁜 놈이 될 수밖에 없"(본문 62쪽)을 수도 있지만, 다정함 역시 그렇게 누군가 닮고 또 닮아 간 결과로 지금 우리의 세상이 이보다 더 나빠지지 않은 거라고 나는 믿는다.

느아와 기픔의 사이에 흐른 다정은 이제 "어디로든" 떠날 수 있는 추진력을 얻었고, 기픔에겐 자신처럼 종말 중인 행성에서 튕겨 나온 아이들을 구해 낼 힘이 생겼다. 그토록 끈질기게 뻗어 나가는 다정은, 언젠가 또 다른 우주에 도달해 또 하나의 세상을 멋지게 구해 내고 말 것이다.

우리들은 모두
경작 행성 난민들

지구는 거대한 보육원이고, 지구에 있는 사람들은 모두 종말한 경작 행성에서 데리고 온 아이들이 아닐까 하는 의심을 품은 적이 있다. 만약 그렇다면 지구인은 전부 경작 행성 난민이며 신은 보육원 원장일 것이다. 내가 이렇게 생각하는 근거는 다음과 같다.

1. 집에 있어도 집에 가고 싶다. 지금 가족이 진짜 내 가족인 것 같지 않다는 생각에 문득문득 마음이 허전하고 외롭다. 이 감정은 진짜 집과 진짜 가족이 따로 존재했었다는 것을 무의식적으로 인지하고 있다는 증거다.

2. 뭔가 굉장히 맛있는 음식을 먹고 싶은데, 무엇을 먹고 싶은지 모르겠다. 그리고 설령 음식을 먹는다 해도 이건 내가 진짜

먹고 싶었던 것이 아닌 데 하는 아쉬움이 든다. 아쉬움이 드는 이유는 고향 행성 음식을 먹고 싶은 욕구가 충족되지 않았기 때문이다.

3. 같은 언어로 대화를 해도 상대방이 무슨 이야기를 하는 건지 도무지 이해할 수 없을 때가 종종 있다. 간혹 말과 마음이 통하는 사람을 만날 때가 있는데, 그렇다면 그는 나와 같은 행성에서 온 사람일 가능성이 높다.

어떤가? 그럴듯하지 않은가?

어쩌면 우리는 진짜 경작 행성의 난민들일지도 모른다. 이 엄청난 진실 앞에서 무섭고 끔찍해서 주저앉아 우는 것 말고 다른 것을 선택할 수 있다. 바로, 우리가 서로를 조금 더 가엾게 여기고 조금 더 다정하게 대해 주는 것이다.

'모든 감정을 다 이기는 감정'의 줄임말은 '다정'이다. 다정은 슬픔도 우울도 불안도 절망도 전부 다 이긴다.

그러니 무조건 절대 다정할 것!

2026년 2월,
이 선

다정한 종말을 위한 안내서

1판 1쇄 발행　2026년 2월 25일

지은이　　이선

편집　　　이혜재
디자인　　이지인
제작　　　세걸음

펴낸이　　이혜재
펴낸곳　　책폴
출판등록　제2021-000034호
전화　　　02-911-9390
팩스　　　0303-3447-9390
전자우편　jumping_books@naver.com

©이선, 2026

ISBN 979-11-93162-57-6 (43810)

너와 나, 작고 큰 꿈을 안고 책으로 폴짝 빠져드는 순간
책폴

블로그　blog.naver.com/jumping_books
인스타그램　@jumping_books